永不长大的孩子

YONGBUZHANGDADEHAIZI

〔英〕杰·姆·巴里　著

程相文　译

新疆文化出版社

图书在版编目(CIP)数据

永不长大的孩子 / 文昊, 心晴主编. –– 乌鲁木齐：
新疆文化出版社, 2018.3
ISBN 978-7-5469-9304-1

Ⅰ.①永… Ⅱ.①文… ②心… Ⅲ.①童话－英国－
近代 Ⅳ.①I561.88

中国版本图书馆 CIP 数据核字(2017)第 082428 号

总 主 编：文 昊　　　　　　责任复审：李贵春

本册主编：心 晴　　　　　　责任决审：于文胜

责任编辑：王 琴　　　　　　责任印制：刘伟煜

新美悦读·外国儿童文学佳作文库

永不长大的孩子

著　者　杰·姆·巴里 〔英〕
译　者　程相文
出　版　新疆文化出版社
地　址　乌鲁木齐市沙依巴克区克拉玛依西街 1100 号〔邮编 830091〕
发　行　全国新华书店
网　购　当当网、京东商城、亚马逊、淘宝网、天猫、读读网、淘宝网·新疆旅游书店
印　刷　三河市燕春印务有限公司
开　本　787 mm×1 092 mm　1/16
印　张　13
字　数　110 千字
版　次　2018 年 3 月第 1 版
印　次　2018 年 5 月第 1 次印刷
书　号　ISBN 978-7-5469-9304-1
定　价　29.00 元

网络出版　读读网(www.DUDU-BOOK365.com)

网络书店　淘宝网·新疆旅游书店(http://shop67841187.taobao.com)

但是在达林夫人做梦的时候，孩子们房间里的窗子吹开了，果然有一个男孩从窗口飞进来，落在地板上。

达林夫人觉得这可是一个好机会，可以借此告诉丈夫彼得·潘的影子的事，告诉他娜娜立了怎样的功劳。

小仙女的名字叫丁卡·贝尔，穿着干树叶儿做的衣服，非常精致。

为了使大家高兴起来，彼得便教他们怎样仰卧在风的背上，顺风滑翔。

　　但是只要你仔细观察，你可以发现这里有七棵大树，每棵树上都有一个洞，刚好能钻进一个孩子。

他们觉得今天运气真好，砍来的树枝全是红色的，正好做围墙。

地面上长了许多五颜六色的大蘑菇，可以当做凳子用。

雨过天晴的时候，文蒂常到环礁湖上去玩，看美人鱼跑出来吹泡泡。

永无鸟是来救彼得的。它要把鸟巢让给彼得，尽管巢里有鸟蛋它也毫不吝惜。

彼得救了虎莲一命，所以虎莲和她的部下大事小事都乐于来帮忙。

　　胡克最恨的就是这一点。这股傲气足以使他的铁钩子手发抖，足以像虫子一般在夜里惊扰他的美梦。

　　文蒂出嫁那天，穿的是白纱裙，系着粉红腰带。说来也怪，彼得竟没有飞来阻拦她结婚。

contents

1

永不长大的孩子

目录

contents

2

第一章

彼得·潘飞进屋来

所有的孩子，除了彼得·潘外，都是要长大的。

文蒂也是这样。她两岁的时候，有一天在花园里玩耍，采了一朵花，拿着跑到妈妈跟前。妈妈看见文蒂那高兴的样子，激动地把手放在心口上叫道："啊，我的宝贝儿，你要是永远这么大该多好！"就从这一句话里，文蒂明白了，她是一定要长大的。孩子们常常是在两岁以后懂得这件事。一岁变成两岁，这就是长大的开始。

文蒂的家住在十四号。妈妈又美丽又可爱，还有一颗富于幻想的心。那颗心仿佛像从神秘的东方运来的小匣子，打开一层还有一层，不管你打开多少层，里面总是还有一层。她那美丽的嘴角上，总是挂着甜蜜的微笑。

文蒂的爸爸叫达林·乔治。他是怎样和文蒂的妈妈结婚的呢？当妈妈还是个姑娘的时候，有许多先生同时爱上了她，全都跑到她家去求婚。达林先生雇了辆马车先赶到了，就娶了她。她便成了达林夫人。

爸爸常常喜欢向文蒂夸口，说妈妈不但爱他而且敬重他。爸爸是一个很有学问的人，他懂股票一类的事。股票的事当然是谁也不懂的，但是他好像很懂，他常常说股票涨了股票落了。看见他谈股票的那种神情，谁都会敬重的。

达林夫人出嫁的时候穿着白色的衣裙。最初她记家庭账目记得很仔细。她记账的时候很高兴，觉得像做游戏一样好玩，即使一根小菜芽儿都不会忘掉。但是后来，渐渐地连整棵的大菜花都漏掉了，账本上却出现了许多没鼻子没眼睛的小娃娃。那是达林夫人结账的时候画的，是她对未来宝宝的猜想。

后来达林夫人生下了文蒂，接着是约翰，再后是迈克尔。

文蒂生下来以后，家里又多了一张嘴。爸爸妈妈坐在一起，商量能不能养得起她。达林先生确实非常喜欢文蒂，看见这小女儿高兴得不得了。但他是一个很实际的人，他坐在床沿上，拉着达林夫人的手，仔细地计算着日后的开销。达林夫人怪可怜地望着他说："不要算了，走一步说一步吧。"但是达林先生不同意。他拿着一支铅笔一张纸，在那里细细地打算。如果达林夫人说话打扰了他，他就再从头算起。

"别打扰我，"他求夫人说，"我这儿现有一镑十七先令，办公室里还有二先令六便士。我可以取消办公时喝的咖啡，这就省出十先令，加在一起是两镑九先令六便士。再加上你手里的十八先令三便士，得三镑九先令七便士。我的存折上还有五镑，一共是八镑九先令七便士——别动别动！——八九七，小数点过七——别说话，亲爱的——还有你借给别人的一镑——别闹，孩子——小数点过孩子——看，叫你们给搅乱了！——我刚才是不是说九九七来着？对了，九九七。现在的问题是，我们能不能用这九九七过一年？"

"当然可以，乔治。"妈妈说。

"别忘了孩子会得腮腺炎。"他几乎威吓似的警告夫人。于是又算下去，"腮腺炎就算花一镑吧，我先这样记上。不过我敢肯定，还要多花差不多三十先令——别说话——麻疹一镑半，德国疹——别摇你的手指——百日咳十五先令……"他就这样算下去，每次得的数字总不一样。但是最后总算把抚养文蒂的难题解决了，腮腺炎减到十二先令零五，两种麻疹就算文蒂只得一种。

约翰生下以后也有同样的恐慌，迈克尔更是让父母作尽了难，吃尽了苦。不过这两个也都养活下来了，并且不久你们还可以看到，三个孩子排成一队，由"保姆"陪着到幼儿园去。

达林夫人过日子喜欢将就。达林先生却总爱模仿他的邻居，觉得不能没有保姆。可他们很穷，连孩子们吃的牛奶都不足，所以这位"保姆"只能由一只听话的狗来充当。那是一只母狗，名叫娜娜。在达林家"雇佣"它以前，它并没有固定的主人。娜娜很喜欢小孩，它大部分时间待在肯辛顿公园里，常常探着脑袋向小儿车里张望。一些粗心的保姆很讨厌它，因为有时候娜娜会偷偷跟到她们家里去，惹得女主人抱怨她们一顿。达林一家人在肯辛顿公园里和娜娜混得很熟，后来它成为一个很好的"保姆"。娜娜洗澡总是洗得很干净，它的窝当然就在孩子们的房间里。夜里，不管什么时候，孩子们稍微有一点声响，它就立刻警觉地站起来。娜娜有一种天才，它能听出孩子们什么样的咳嗽无关紧要，什么样的咳嗽不容忽视，还知道什么时候必须给孩子戴上围巾。娜娜始终相信一些民间的药方，相信大黄的叶子可以给孩子治病。每当人们谈起微生物呀、细菌呀这类时髦的话，它连听都不爱听。娜娜护送孩子们去幼儿园，总是很负责任。孩子们守规矩的时候，它就严肃地跟在他们身边；孩子们乱跑的时候，它就把他们推到队列里。约翰参加足球赛的日子，娜娜从没有一次忘记给他带运动衣。而且平时娜娜嘴里总是衔着一把伞，随时防备着下雨。幼儿园里有个地下室，是保姆等候接孩子的地方。别的保姆都坐在长凳子上，娜娜则卧在地板上，这是她们之间的唯一不同之处。保姆们都看不起娜娜，认为它在社会上没有什么地位。其实娜娜也瞧不起她们，讨厌她们没完没了瞎唠叨。娜娜不喜欢客人来孩子们的房间参观。但是如果他们真的要来，它就先解下迈克尔的兜兜，给他穿上一件蓝运动衫，再帮助文蒂整理一番，还要给约翰梳一梳头发。

娜娜把孩子们的房间管理得很有条理。这一点达林先生并不是不知道。但他有时还是不放心，唯恐邻居们笑话。是啊，他总不能不考虑他在城里的声誉。

娜娜还有一点使达林先生烦恼。他有时觉得娜娜好像不大佩服他。达林夫人看出了这一点，常常劝他说："不要多心，乔治，我知道娜娜是很佩服你的。"然后她向孩子们使个眼色，要孩子们也注意多敬重爸爸一些。接着，全家就高兴地跳起舞来。他们家的另一个仆人丽莎有时也被邀请参加。丽莎穿着长裙，戴着仆人的布帽子，活像个小布娃娃。孩子们跳得多快活呀！最快活的还是妈妈，她发疯似的旋转呀旋转！要不是彼得·潘来捣乱，再也没有比这个家庭更清净快活的了。

达林夫人第一次听说彼得·潘的名字，是在她整理孩子们的心事的时候。凡是好的妈妈，晚上都有一种习惯，等孩子们睡熟以后，总要整理一下孩子们的心事，把白天拉散了的思想重新安放在适当的位置上，使他们第二天早晨醒来的时候，心里什么事情都有条有理。假如你能醒着——当然，那是不可能的——你就会看见妈妈怎样整理你的心事。那是非常有趣的。收拾孩子的心事，也和收拾抽屉差不多。我想，你可以看见妈妈跪在床边，快乐地抚摸着你心里的东西，猜测着你是在什么地方遇到这样或那样的东西，如何把它拣来放在心里，你遇到它们的时候是很快乐，还是并不那么快乐。你可以看见妈妈把一件件东西贴在腮上，觉得像小猫咪一样好玩，接着就赶快收拾起来。等你早晨醒来的时候，你会觉得睡觉前各种淘气的行为和不愉快的情绪早已折叠得很小很小，放在你的心底了。上面清清爽爽的，布满了美丽的思想，准备着你新的一天里使用。

我想你们一定没见过人心的图形吧！医生有时候会画下你身上的器官，看看你自己的器官图是很有意思的。但最有意思的，还是看医生画一个孩子的心。不但是乱七八糟，而且还永远旋转不定。上面有许多锯齿状的线条，就像温度计上的刻度表一样。人的心差不多像一个小岛，这刻度表大概就是岛上的路。岛上有东一块西一块奇异的颜色，离岸不远的地方，有珊瑚礁和挂着斜帆的小船，有野人和他们的洞穴，有常常化作裁缝的神仙，有小河穿过的一个个山洞，有排行都是老七的王子，有一座就要倒塌的茅屋，还有一个弯鼻子的矮小的老太婆。如果仅仅这些，这张图倒还容易画。但是还有呢：第一天去上学的情景、圣经里的故事、教堂、牧师、圆池、针线、杀人犯、绞架、带间接宾语的动词①、吃巧克力蛋糕的日子、穿襻带裤、数九十九、自己拔牙时付过的三个便士，等等。所有这些，不是画在岛上，就是另有图来

---

① 英文的及物动词分为带间接宾语的和不带间接宾语的两种。

表明。总之，一切都杂乱无章，而且没有一样是静止的。

当然，每个人的心又大不相同。例如，约翰的心里有一口湖，湖上飞着一只红鹤，约翰正拿箭射它；迈克尔年龄很小，他心里也有红鹤和湖，湖却在红鹤上面飞。看看他们的心你就会知道，约翰喜欢住在一只小船里，小船翻倒在沙滩上。迈克尔喜欢住在一个小棚子里，小棚子是用兽皮盖起来的。文蒂喜欢住在一间小房子里，小房子是用树叶儿巧妙地缝起来的。约翰没有朋友，迈克尔睡梦中才有朋友，文蒂的朋友是一只心爱的小狼崽，后来被父母扔掉了。不过大致说来，每个孩子的心都有些相似，把它们放在一起的时候，你就可以看出有些地方竟是一模一样。那是一个神秘的小岛，在那小岛的岸边，孩子们驾着柳条儿编的小船永远在那儿嬉戏。其实大人们小时候也到过那儿。现在有时也还能听见浪花拍击的声音呢！只是他们再也不能登上那神秘的小岛了。

达林夫人整理孩子们心事的时候，有时会遇到许多不懂的东西，最奇怪的是"彼得"二字。她不知道谁叫彼得，但是约翰和迈克尔的心里到处都是"彼得"两个字，文蒂的心里几乎涂满了彼得这个名字。这个名字的字体跟别的不一样，特别显眼。达林夫人细细看了一番，从字迹上不难感觉到这个彼得很有点淘气劲。

"是的，他是有点淘气。"妈妈问起来的时候，文蒂承认说。

"可是他究竟是谁呢，我的宝贝儿？"

"他就是彼得·潘，妈妈。"

达林夫人开始不明白，等她回想起自己的童年，才忆起是有一个彼得·潘，据说和神仙住在一起。

关于彼得·潘，有许多离奇的传说。比如说孩子们死了以后，他总是陪他们走向阴间，免得他们害怕。达林夫人小时候也曾相信彼得·潘的传说，但是现在她已经结婚了，有见识了，所以她很怀疑究竟有没有这样一个人。

"即使有个彼得·潘，"妈妈对文蒂说，"到现在他也应该长大了。"

"啊，没有，他没有长大，"文蒂很有把握地说，"他和我一样大。"文蒂的意思是说，彼得的身心都和她一样大。她不知道自己是怎么知道的，但她确实很有把握。

达林夫人和达林先生商量过这件事，但达林先生只是微微一笑，并不相信。"你听我说，"达林先生说，"这一定是娜娜胡编乱造的。只有一条不懂事的狗才会产生这种念头。别理它，事情自然就会过去的。"

但是事情并没有过去。不久，这个惹人烦恼的小男孩竟使达林夫人大吃一惊。

一般的孩子，常常有些非常奇怪的经历，而自己却一点也不觉得奇怪。例如，有时他们会偶然提起，一个星期以前，有一次他们在树林里玩耍，遇到了死去的父亲，并且和他一起做游戏。一天，文蒂就是这样不经意地偶然说起彼得·潘，叫人觉得怪不安的。那是一个早晨，达林夫人在孩子房间的地板上发现了几片树叶。孩子们睡觉的时候地上什么也没有，树叶是从哪儿来的呢？达林夫人觉得很奇怪。文蒂笑嘻嘻地说：

"一定又是那个彼得·潘干的。"

"你说什么，文蒂?"

"他真淘气，玩过了也不扫扫地。"文蒂叹口气说。她是一个爱干净的孩子。

文蒂把事情照实告诉了妈妈。她说彼得·潘夜里有时到他们房间来，坐在床前给她吹笛子听。可惜的是，她从来没醒过，所以她不清楚她是怎样知道的，但她确实知道这件事。

"你说些什么呀，我的宝贝儿，不敲门谁能进得屋来呢?"

"我想他是从窗户上进来的。"文蒂说。

"我的心肝，这是在三层楼上啊!"

"你看，树叶不是就在窗户跟前吗，妈妈?"

一点儿不错，树叶是在离窗户很近的地方发现的。

达林夫人不知道怎么办才好，因为文蒂说的很合情理，你总不能说一句"那是做梦"便一笔勾销了这件事。

"我的心肝，"妈妈叫道，"你为什么不早告诉我!"

"我忘了。"文蒂漫不经心地说。她忙着吃早饭去了。

啊，她一定是做梦。

但是，树叶确确实实就在那里。达林夫人又细细看了一番，是一种带筋的树叶子。她敢肯定，英国的任何一种树，都不会长出这样的叶子。达林夫人举着蜡烛，在地板上爬来爬去地寻找生人的足迹。她拿拨火棍敲打着烟筒，敲打着墙壁。她从窗子上放下一根绳子量了一下，离地面足有三十英尺，连一个可以靠着爬上来的流水管道也没有。

文蒂一定是在做梦。

但是，那确实不是梦，第二天就证实了这一点。孩子们不寻常的历险故事，可以说是从这一夜开始的。

这天晚上，孩子们都上床睡觉了。可巧这一夜娜娜不在房间里。达林夫人帮孩子们洗完澡，就给他们唱催眠曲儿，直到他们一个个松开妈妈的手，进入甜美的梦乡。

达林夫人看了看房间里，处处都很安全舒适，她很放心，就坐在壁炉旁静静地做衣服。

衣服是给迈克尔做的，他生日那天该换短衫了。房间里很暖和，点着三盏昏黄的灯。忽然，达林夫人手里缝的东西滑落在腿上，她的头垂下来了——啊，她睡着了。

达林夫人做了一个梦，梦见一个小岛向她漂来，越来越近。岛上跳出一个奇怪的男孩，自称是"永无岛"的主人。那男孩子——达林夫人好像在哪儿见过，她并没有感到惊讶。但是，接着达林夫人看见那男孩把"永无岛"上的薄雾拨开了，还看见了文蒂、约翰和迈克尔从那云雾裂开的地方向里面张望。

这场梦也许并不重要。但是在达林夫人做梦的时候，孩子们房间里的窗子吹开了，果然有一个男孩从窗口飞进来，落在地板上。跟着进来的还有一团奇怪的亮光，拳头那么大，像一只巨大的萤火虫在屋里乱飞。我想一定是那团亮光把达林夫人惊醒了。

达林夫人喊叫着跳了起来，看见那个男孩跟梦里的一模一样，达林夫人立刻明白了，那一定是彼得·潘。他长得很可爱，穿着用树叶做成的衣服。最奇怪的是，他还保留着所有的乳牙。他一看见达林夫人是成年人，就恨得龇着牙，向她露出两排珍珠般的乳齿。

第二章

影　子

　　达林夫人大叫一声。这一叫，好像揿下了电铃一样，房门应声开了。是娜娜进来了。它晚上出去散步，正好刚进家门。娜娜看见生人，呜的一声向那男孩扑去。只见彼得·潘轻轻一跳，就跳到窗外去了。达林夫人又叫了一声。这回不是吃惊，而是为彼得担心。她想那男孩一定会跌死的。达林夫人急忙跑到楼下去看，但是什么也没有。她抬头看看夜空，黑漆漆的一片，什么也看不见，只有一点亮光，像流星似的飞走了。

　　达林夫人回到孩子们房里，看见娜娜嘴里叼着个什么东西。原来是那男孩的影子。彼得向窗外跳的时候，娜娜急忙去关窗户。彼得跑了，他的影子却没来得及出去。窗子砰地一下关上了，影子被扯了下来。

达林夫人仔细看了一下那个影子，却十分平常。

娜娜想出一个好办法：把影子挂在窗外。它的意思是说，那男孩子一定会回来取的，我们把它放在一个容易取走的地方，以免再让孩子们受惊。

达林夫人不同意，她觉得这影子挂在窗外像件旧衣服，未免有失体面。

她想拿给达林先生看看，但是见他正忙着计算给约翰和迈克尔买大衣的事，大概又是算糊涂了吧，他把一条湿毛巾顶在头上，想使自己清醒一点儿。达林夫人知道这时候去打扰他是不合适的，因为他着急起来一定会说："这都是用狗做保姆引起的。"

达林夫人决定把影子卷起来，细心地放在抽屉里，等有适当的机会再告诉丈夫吧。唉！

过了一个星期，机会真的来了。达林家里出了大事。那是一个星期五，一个难忘的星期五，达林先生的三个孩子都失踪了。

"星期五，我们应该特别小心才是。"事后，达林夫人常常后悔地对丈夫说。每逢这种场合，娜娜就难过地站在夫人身边，吻着她的手。

"不，不，"达林先生总是说，"都是我不好，都是我造成的。吾之过也，吾之过也。"他学过一点古典文学，什么时候也忘不了来两句。

出事以后，他们便这样一夜一夜地坐着，伤心地回想那要命的星期五。那天晚上发生的事情，一幕一幕印在他们脑子里，像印在粗劣的草纸上一样，从背面都透了出来。

"唉！要是我那天晚上不去 27 号参加宴会就好了。"达林夫人悔恨地说。

"唉！要是我那天不把药水倒在娜娜碗里就好了。"达林先生悔恨地说。

"唉，要是我喝了那药水不发牢骚就好了。"娜娜的泪水表示了它要说的话。

"我恨自己太喜欢参加宴会，乔治。"

"我恨自己太喜欢开玩笑，亲爱的。"

"我恨自己把小事情看得太认真，我亲爱的主人。"

于是他们痛哭起来。一人先伤心地流泪，大家便止不住都哭起来。娜娜一边哭一边惭愧地想：是啊，他们不该用狗做保姆，我真对不起他们。它越哭越伤心，感动得达林先生一次又一次用手帕去给娜娜擦眼泪。

"彼得·潘，你这恶魔！"达林先生发疯似的叫着，娜娜也跟着汪汪直叫，那声音是在骂彼得。但是达林夫人总不肯责骂彼得，她的右嘴角上仿佛有个什么东西，使她骂不出口。

他们坐在孩子们的空房子里，呆呆地回想着那可怕的星期五，回想着那个晚上出事的详细经过。其实那天晚上的事情起初倒是很平常，像别的晚上一样平常。开始是娜娜倒好了水，准备给迈克尔洗澡。后来，娜娜把他驮到盆边。

"我不睡觉！"迈克尔喊道，好像他的话很有权威似的，"我不，我不！娜娜，还不到六点钟呢！你呀，你呀，我不喜欢你了，娜娜。我告诉你我不要洗澡，我不，我不！"

达林夫人走进来，她穿着一件白色的晚礼服，准备去参加宴会。每逢有什么宴会，达林夫人总是早早地就把礼服穿上了。文蒂觉得，妈妈穿上礼服，再戴上爸爸送她的项链，显得特别美丽、可爱。妈妈手上的镯子，是向文蒂借来的。文蒂很高兴把镯子借给妈妈。

达林夫人进来的时候，看见她的两个大孩子正在玩耍。约翰扮作爸爸，文蒂扮作妈妈，他们正在表演文蒂出生时的情形。只听约翰说：

"祝贺你，达林夫人，你现在要做妈妈了！"约翰模仿得很像爸爸的声调。

文蒂高兴得手舞足蹈，也真像达林夫人当初的样子。

后来又"生"了约翰，因为是个男孩子，表演得格外热闹。迈克尔洗完澡进来，也要求"生"他。但是约翰严肃地说，他们不想再"生"孩子了。

迈克尔差点儿要哭出来。"没人要我！"他叫着。这时，穿着晚礼服的妈妈再也看不下去了。

"我要，我要，"她说，"我正想要一个孩子呢！"

"男孩女孩？"迈克尔不放心地问。

"男孩。"

于是迈克尔高兴地跳到妈妈怀里。这件事在达林先生和达林夫人的回忆里本来是一件小事，但是因为那是迈克尔在家的最后一个晚上，这件事便不算小了。

他们继续回忆着。

"那时候，我像一阵旋风似的闯进来，是不是？"达林先生嘲笑自己说。那个星期五的晚上，他的确像旋风似的。

达林先生也许情有可原。那天晚上他正在穿礼服，准备去参加宴会。礼服穿得很顺利，就是领结打不上。说起来实在令人诧异，这位达林先生虽然懂得股票之类的事情，却不会打领结。如果他自己不是那么爱面子，肯在平时从容地把领结打好，临出门时戴一个现成的领结，家里也许会安静些。

你看这一回吧，达林先生手里拿着一个揉搓得不像样子的小领结，一直冲进孩子们的房间。

"怎……怎么了，爸爸？"

"怎么了？！"他叫着，那简直是怒吼，"这个臭领结，就是打不上！"他的语气里带着挖苦，"什么臭领结，在床栏杆上打得好好的，在我的脖子上就是打不成！啊，可不是吗，我在床栏杆上打了二十次，到我脖子上，还是不成！哎哟，我的天，饶了我吧！"

他怕这样说还引不起达林夫人的注意，就换了副严肃的面孔继续讲下去，"我可告诉你啊，太太，今天打不好领结，我可不去赴宴。今晚赴不成宴，以后我再也不去上班。以后我若不去上班，你我都得饿死，咱们的孩子只好扔到街上去。"

达林夫人听了这恐吓话，并不惊慌。"我来试试吧，亲爱的。"她说。实际上，达林先生要的正是这句话。达林夫人用她那凉丝丝的小手给丈夫打领结，孩子们围在那里睁大眼睛看着，仿佛这小小的领结真的与他们的命运攸关。领结很快打好了，达林先生随便谢了妻子一声，立刻怒气全消。没过一会儿，他就背起迈克尔在屋里跳起舞来……

"那时候，我们多么欢乐啊！"达林夫人仍然沉浸在甜蜜的回忆中。

"是啊，那是我们最后的欢乐！"达林先生叹息道。

"啊，乔治，你记得不记得，那天晚上迈克尔忽然对我说，'妈妈，你是怎样认识我的？'"

"记得！"

"他们多可爱呀，乔治。"

"他们是我们的，我们的！可现在，他们走了……"

那天晚上，直到娜娜进来，家里的欢闹才停下来。达林先生不慎撞了娜娜，裤子上沾满了狗毛。这条裤子不但是新的，而且是他头一次穿的带镶边的裤子。他心疼得咬住嘴唇才没流下泪来。当然，达林夫人马上给他刷干净了，可他还是发了一通牢骚，说用狗做保姆是错误的。

"乔治，娜娜够听话的。"

"不错，不过我有时心里不安，总觉得它好像把孩子们也当成小狗似的。"

"啊，不，不，亲爱的，我敢保证，娜娜是通人性的。"

"我怀疑，"达林先生沉思着说，"我怀疑。"

达林夫人觉得这可是一个好机会，可以借此告诉丈夫彼得·潘的影子的事，告诉他娜娜立了怎样的功劳。达林夫人讲述了一切，可达林先生起初压根儿不相信。后来夫人拿出影子给他看，他才渐渐沉思起来。"我不认识这个人，"他说着细细又看了一遍，"不过看样子不像个好人。"

那天晚上，他们正在讨论影子的事，娜娜衔着迈克尔的药瓶子进来了。

达林先生虽然是个男子汉大丈夫，可就是像他的孩子们一样害怕吃药。如果说他跟孩子有什么不同，那就是他还常常装出不怕吃药的样子。那个星期五晚上，娜娜衔着汤匙给迈克尔喂药，迈克尔来回躲闪着，达林先生装出不怕吃药的样子呵斥说："迈克尔，拿出男子汉的勇气来！"

"我不，我不！"迈克尔淘气地乱喊。达林夫人给他拿了一块巧克力来，达林先生以为这样做太娇惯他了。

"我说，你不要宠着他，"他在后面喊着，"迈克尔，我像你这么大的时候，喝起药来一声不吭。我总说，'谢谢你们，亲爱的爸爸，亲爱的妈妈，给我吃药是为我好。'"

达林先生说得跟真的一样，穿着睡衣的文蒂听了就相信了。她为了鼓起迈克尔的勇气，凑趣地说："爸爸，你常吃的那种药，比这种难吃得多，是不是？"

"难吃多了！"达林先生勇敢地说，"要不是我那个药瓶子丢了的话，我现在就喝给你看，迈克尔。"

但药瓶子并没有丢，是达林先生趁夜里没人的时候藏到衣柜顶上了。忠诚的仆人丽莎后来找到了，又放回洗脸盆架上去了，这是达林先生所没想到的。

"爸爸，我知道您的药瓶子在什么地方。"文蒂嚷起来，她总是很喜欢帮忙，"我去拿！"达林先生一把没拦住，她早跑了。达林先生的脸忽然拉长了。

"约翰，"达林先生颤抖着说，"我那种药是最难吃的，又黏又腻，闻了就想吐。"

"爸爸，吃下去一会儿就好了。"约翰学着爸爸的腔调得意地说。文蒂跑了进来，手里端着一玻璃杯药水。

"爸爸，给，我可是一步也没停。"她上气不接下气地说。

"你跑得可真不慢！"爸爸的话音不是赞扬而是挖苦，"迈克尔先喝！”他命令似的说。

“爸爸先喝！”迈克尔生怕上当。

“我想呕吐，哇——你们瞧！”达林先生威吓说。

“喝吧，喝吧，爸爸。”约翰凑趣说。

“没你的事，约翰！”爸爸生气地喊起来。

文蒂觉得很奇怪。“我以为你随便就能喝下去呢，爸爸。”

“问题不在这里，”达林先生回答说，“问题是我杯子里的药比迈克尔匙子里多，这不公平！我死也不能服气，这不公平！”

“爸爸，我等着喝呢！”迈克尔冷冷地说。

“你说得倒好，你等着喝，我也等着喝呢！”

“爸爸是胆小鬼。”

“你才是胆小鬼。”

“我不怕！”

“我也不怕！”

“那么你先喝！”

“那么你先喝！”

这时，文蒂想出一条妙计：“为什么不两个人同时喝呢？”

“当然可以，”爸爸说，“你预备好了吗，迈克尔？”

文蒂数着，一、二、三！迈克尔喝下了他的药，但是达林先生却把药藏在了背后。

迈克尔气得吼叫起来，文蒂拍着手嚷道：“啊，爸爸！”

"'啊，爸爸'是什么意思？"达林先生呵斥道，"别吵了，迈克尔。我本来想喝下去的，但是我——我没喝着。"

三个孩子瞪大眼睛望着爸爸，流露出不大佩服的神气。这时娜娜走进浴室去了，爸爸忽然计上心来，对孩子们说："你们听着，我想起一个有意思的玩笑。我把药水倒在娜娜碗里，它会当做牛奶喝下去的。"

药的颜色很像牛奶。可孩子们没有爸爸那样的兴致，他们都不安地看着爸爸把药倒在娜娜碗里。"多好玩呀！"爸爸犹豫了一下说。达林夫人和娜娜进来的时候，也没有人敢泄露秘密。

"娜娜，"爸爸拍着它说，"我在你碗里倒了些牛奶，喝吧！"

娜娜摇摇尾巴，跑过去就把药喝了。喝完以后，它狠狠地瞪了达林先生一眼，含着眼泪爬到狗窝里去了。

达林先生也觉得有些不好意思，但他并不让步。在难堪的静默中，达林夫人走过去闻了一下那个碗。"啊，乔治，"她喊起来，"这是你的药啊！"

"我不过是开个玩笑。"达林先生说。妈妈安慰着孩子们，文蒂可怜地搂着娜娜。想不到爸爸忽然痛苦地叫起来："好哇！叫你们来奚落我！——啊，磨死我了！"

文蒂仍然搂住娜娜不放。爸爸继续发火："对了！你们去爱它吧！没有人爱我！啊，没有！我不过是给你们挣钱的工具，为什么要爱我呢——为什么，为什么，为什么！"

"乔治，"达林夫人请求他了，"小声点，让仆人们听见多不好。"他们总习惯把丽莎叫做"仆人们"。

"让她们听吧！"达林先生疯狂地叫着，"让全世界的人都来听吧，我再也不能容忍一条狗在我家里当管家，一分钟也不能容忍！"

孩子们哭了，娜娜跑到达林先生面前去求情。达林先生挥手让它走开。"求情也没用！"他觉得自己又是一个男子汉大丈夫了，大声地呵斥着，"滚到院子里去！我要立刻把你锁起来！"

"乔治，乔治，"达林夫人低声说，"别忘了彼得·潘和那个影子的事。"

唉！达林先生不听。他决心要看看到底谁是这个家里的主人。他命令娜娜出来，娜娜不听。他就说好听的把娜娜哄出来，然后粗暴地捉住它，把它拖出去。这事达林先生也觉得怪难为情，但他还是这样干了。这都是因为他太自尊，太爱动感情。他把娜娜锁在后院之后，自己便气呼呼地坐在过道里。

这时候，达林夫人默默地打发孩子们睡觉，并点上了灯。外面传来娜娜的叫声，约翰呜咽着说："都是爸爸不好，把娜娜锁在院子里了。"

但是，机灵的文蒂却说：

"这不像娜娜伤心的叫声。"可是她也猜不出将要发生什么事情，不过她说，"听声音好像娜娜嗅出了什么危险。"

危险?!

"你敢肯定吗,文蒂?"

"没错。"

达林夫人心里颤抖着走到窗前,窗子关得很紧。她向外看了看,只见夜空中布满了繁星。所有的星星都紧紧围着这座房子,好奇地等待着观看这里将要发生的事情。但是达林夫人没看出星星们的心情,甚至一两颗小星星向她挤眼她也没注意到。不过,达林夫人不知为什么有一种莫名的害怕,心里想:唉!今天晚上我真不愿意赴宴去!

就连睡眼惺忪的迈克尔也看出妈妈并不放心。他问道:"妈妈,点着灯还有什么东西敢来伤害我们吗?"

"没有,乖乖,"妈妈说,"灯就是妈妈留下的眼睛,是为了守护孩子们的。"

妈妈走到每个床前给孩子们唱催眠曲。小迈克尔伸出两臂一下子搂住了妈妈。"妈妈,"他嚷道,"你真好!"这就是那个星期五的晚上她听到孩子们说的最后一句话。

27号并不远,但是外面刚下过小雪,达林先生和夫人怕弄脏了鞋,只得拣着路走。街上只有他们两个人,所有的星星都看着他们。繁星是美丽的,但是不管什么事情它们都不能参加,只能永远做旁观者。这是对它们的惩罚。因为很久很久以前,它们做错过什么事情。到底是什么错事呢?因为太久了,已经没有一个星星记得。年老的星星都变得目光迟钝，而且少言寡语——你知道吗？闪烁就是星星在说话，而年纪小的星星总是那样好奇。星星们对彼得并不是那么喜欢，因为彼得很淘气，总喜欢偷偷溜到它们背后去吹灭它们。但是星星们也特别喜欢嬉戏，所以这天夜里它们都赞成彼得的行动，急着想把文蒂的父母调开。达林夫妇走进了 27 号，门关上了。天空立刻发生了骚动，天河里最小的一个星星大声叫道：

"开始吧，彼得！"

第三章

走吧，走吧！

达林夫妇离开家的时候，三个孩子床前的灯都亮得好好的。如果三盏灯都睁大着眼睛，直到彼得到来，那该多好啊！但是过了一会儿，文蒂的那盏灯眨了一下眼睛，打起了呵欠，惹得另外两盏灯也打起呵欠来。呵欠还没打完，三盏灯都灭了。

不一会儿，屋里又进来一团亮光，比灯光亮一千倍。那其实并不是一团亮光，只是因为她飞来飞去，好像一团亮光似的。她停下来的时候，你就可以看清楚，原来那是一位小仙女，不过像巴掌一样大。可她还在长呢！小仙女的名字叫丁卡·贝尔，穿着干树叶儿做的衣服，非常精致。她胖乎乎的，透过衣衫可以看出她那健美的体形。小仙女的亮光把屋子里的犄角旮旯儿都照遍了——她在找彼得的影子。她把衣柜挨个儿搜了个遍，把每件衣服的口袋都翻出来看过了。

小仙女进来之后，窗子就被小星星一口气吹开，彼得也进来了。彼得曾带着小仙女走过一段路，所以他手上沾着不少的仙尘。

"丁卡·贝尔，"彼得轻轻地叫着，他看清了，孩子们都睡熟了，"丁卡，你在哪儿呢？"小仙女这时候正在一个玻璃缸里。她十分喜欢那地方，因为她从来还没在玻璃缸里待过呢！

"啊，丁卡，你快出来！告诉我，他们把我的影子藏在哪儿了？"

丁卡说话了，那声音叮叮咚咚的，像金钟儿一般好听。这是仙女的语言，普通的孩子是永远听不到的。但是如果你们听到了，你们一定觉得并不陌生，好像在什么时候听见过。

丁卡说，影子在一只大匣子里，而实际上她指的却是一个抽屉。彼得跳到抽屉跟前，用双手把里面的东西撒到地板上，像是皇帝把半便士的零钱撒向欢呼的人群一般。彼得立刻找到了影子，他高兴得不得了，一不留心竟把丁卡关在抽屉里了。

彼得大概以为，他的身体和影子一挨近，就会像两滴水一样融合在一起。但事情并不是那么简单。这使彼得感到惊奇。他从浴室里找来一块肥皂，想把影子黏在身上，也没成功。彼得不禁一阵紧张，坐在地上哭起来。

哭声把文蒂惊醒了。她坐起来，看见地上坐着个小男孩。她一点儿也不害怕，只是好奇地看着他。

"小孩，"文蒂和气地说，"你哭什么呢?"

彼得十分客气，他曾在仙女的盛会上学过一些礼节。这时他站起来向文蒂深深鞠了个躬。文蒂很高兴，急忙在床上还了礼。

"你叫什么名字?"彼得问。

"文蒂·莫拉·安吉拉·达林。"文蒂回答，"你叫什么?"

"彼得·潘。"

文蒂知道他就是彼得，但又觉得这名字太短。

"完了吗?"

"是的。"彼得回答，他第一次感到自己的名字有点短。

"对不起，我不应该这样问你。"文蒂说。

"没关系。"

文蒂问他住在什么地方。

"第二个转弯处向右拐，"彼得说，"然后照直走，一直走到天明。"

"多可笑的地址呀!"

彼得有点不高兴。他第一次感到这地址似乎有点可笑。

"不，不可笑。"彼得说。

"我是说，"文蒂想起自己是主人，彼得是客人，就把态度放得和蔼了一些，"别人给你写信就这样落款吗？"

彼得最不喜欢旁人提起写信的事。

"我从来没收到过什么信。"彼得说。

"可你妈妈总要收到信的吧？"

"我没有妈妈。"他说。彼得不但没有妈妈，而且丝毫没有想要一个妈妈的念头。他觉得叫谁一声妈妈，就把她的身份抬得过高了。但是文蒂不了解他的心情，还以为他刚死了妈妈，很可怜呢！

"啊，彼得，怪不得你刚才坐在那儿哭呢，没有了妈妈多可怜呀！"文蒂说着，同情地跳下床来，跑到他的身边。

"我哭的不是妈妈！"彼得生气地说，"是因为黏不上我的影子。况且……我并没有哭！"

"你的影子掉下来了吗？"

"是的。"

文蒂看见地上的影子都弄脏了，很替他难过。"真糟糕！"她说。但是当她看见彼得竟用肥皂往身上黏，却又忍不住好笑。"彼得真是个孩子！"她这样想。

文蒂立刻想出了办法。"这一定要缝起来才成。"她用大人的口气说。

"什么叫缝？"彼得问。

"你真是个小傻瓜！"

"我不傻！"

但是文蒂还就喜欢他那个傻劲。"小家伙，我来给你缝上。"文蒂虽然和他一样高，却这样称呼他。文蒂取出针线笸箩，想把影子缝到彼得脚上。

"疼总是要疼一点儿的。"文蒂拿起针线警告他说。

"噢，我不会哭的。"彼得说，好像他一生从来没哭过，彼得咬住牙，真的没哭。影子总算缝上了，虽然还有一点褐痕。

"应该把它熨一下。"文蒂想了想说。但是彼得却像其他男孩一样，不注重外表，早高兴得满屋乱跳了，彼得好像转脸就忘了文蒂的帮助，还以为是自己把影子黏上的呢。"影子黏上了！我多能干呀！"他高兴地叫喊着，"啊，我多聪明呀！"

文蒂听了顿时惊呆了。"你这骄傲的家伙，"她生气地说，"难道一转脸就忘了别人的帮助了吗？"

"你不过帮了我一点小忙。"彼得不在意地说，一边继续手舞足蹈。

"一点？"文蒂说，"既然我没有用处，我可什么都不管了。"她生气地跳上床，用毯子蒙上了脸。

彼得假装要走的样子，想引逗她抬起头来，但是没用。彼得坐在床头上一边用脚轻轻踢她，一边说："文蒂，别生气。文蒂，是我不好。我高兴的时候，总忍不住要说几句骄傲的话。"文蒂还是不抬头，可是她在用心地听着。"文蒂，"彼得接着说，那声音让任何女孩子听了都会动心，"文蒂，说心里话，我觉得一个女孩子比二十个男孩子都有用得多。"

文蒂到底是个女孩子，听了这话，浑身上下没有一个地方不舒服。这时，文蒂开始从毯子里向外偷看。

"你真的这样想吗，彼得？"

"真的，谁还骗你！"

"你真好！"文蒂说，"我就起来！"她爬起来，和他并排坐在床上，文蒂高兴地说要给他一个吻，问他愿意不愿意。但是彼得不懂得什么是吻，竟然伸出手来接。

"你不知道什么叫吻？"文蒂吃惊地问。

"你给我一个，我就知道了。"彼得回答。文蒂看着他伸出的手，恐怕惹他伤心，就没再解释什么是吻，随便拿了个顶针放在彼得的手里。彼得还以为那就是"吻"。

"我也可以给你一个吻吗？"彼得说。"当然可以，如果你愿意的话。"文蒂高兴地回答，并且大方地把脸凑到彼得跟前。但是彼得却把一颗橡子放在她的手里，她只好慢慢地把脸缩回来。艾蒂接过橡子，高兴地说要把这个"吻"挂在项链上。说来文蒂也真幸运，正是项链上的这颗橡子，后来救了她的命。

按照习惯，孩子们互相认识之后，总要问一下年龄。于是文蒂就问彼得几岁了。想不到这个问题使彼得感到非常突然，仿佛在历史课上忽然给你一张考卷，考你的语法。

"我不知道，"彼得不安地回答，"不过我年龄很小。"他的确不知道自己的年龄，只是猜想着自己很小。接着，他还冒失地说："文蒂，我生下来的那一天，就从家里逃跑了。"

文蒂很惊奇，但又觉得有趣。她很有礼貌地收拢了一下睡衣的下摆，让出些地方，叫彼得坐近一些讲给她听。

"因为当时我听到了爸爸和妈妈的谈话，"彼得悄悄地解释说，"他们谈到我将来长大要成为什么样的人。"说到这里，彼得气愤起来，"我才不长大呢！我要永远做一个小孩子，永远玩耍。于是我就逃跑了，逃到肯辛顿公园里，和仙女们在一起住了很久很久。"

文蒂听了，非常羡慕地看了他一眼。彼得还以为是羡慕他逃跑呢，而实际上文蒂是羡慕他认识仙女们。文蒂一天到晚待在家里，在她看来，能和仙女们认识一定是很有趣的。文蒂一连提出许多关于仙女的问题，彼得却觉得她对仙女的热心不可理解。因为彼得讨厌仙女们，有时候甚至故意躲开她们，嫌她们妨碍自己的行动。但有时候彼得还是喜欢仙女们的，既然文蒂问起来，彼得就给她讲了仙女们的来历。

"文蒂，你知道吗？当一个婴儿生下来，第一次笑的时候，那笑声会碎成一千块，一块一块地到处跳跃。这笑声就会变成一个小仙人。"

这话当然是胡编乱造的，可文蒂是个轻易不出门的孩子，听了还觉得津津有味。

"所以,"彼得和声细气地接着说,"世界上有一个孩子,就应该有一个小仙人。"

"应该?真的有那么多小仙人吗?"

"不!现在的孩子懂得事情越来越多,他们不久就不信仙了。每当一个孩子说声'我不信仙',就有一个小仙人在什么地方落下来死去。"

说到这里,彼得不愿再谈小仙人的事了,他想起了丁卡·贝尔。为什么丁卡这么半晌没有动静呢?"丁卡哪儿去了?"彼得说着站起来,到处喊着丁卡的名字。这时文蒂吓得心中直跳。

"彼得,"她一把抱住彼得叫起来,"你是说,在我的屋子里就有一个小仙女吗?"

"她刚才还在这儿呢!"彼得有点着急地说,"你听见她的声音了吗?"他们俩屏住气静静听了一会儿。

"我听见一种声音,"文蒂说,"像钟的叮咚声一样。"

"对,这就是丁卡的声音。她讲的是仙人的语言。一点儿不错,我也听见了。"

叮咚的声音是从抽屉里传出来的,彼得听了高兴地笑起来。彼得咯咯的笑声真好听,没有一个孩子能笑得这样好听。因为他还保留着婴儿时的第一次笑声。

"文蒂,"彼得笑着低声说,"一定是我把丁卡关在抽屉里了!"

彼得把可怜的丁卡从抽屉里放出来。丁卡在屋里飞来飞去，怒气冲冲地怪叫着。彼得听了训斥她说："别说这些了，是我不对，可我怎么能知道你在抽屉里呢？"

文蒂哪顾得上听彼得说话，两眼紧紧盯着小仙女，说："啊，彼得，她怎么不停下来让我看看呢？"

"小仙女是不大喜欢停在一个地方的。"彼得说。但就在这时，小仙女落在了挂钟上。"啊，多可爱呀！"文蒂喊道。虽然丁卡带着满脸怒容，还是看得出她很美丽。

"丁卡，"彼得和蔼地说，"这位小姑娘想让你做她的小仙。"

丁卡·贝尔不客气地说了些什么，文蒂也听不懂。

"她说什么呀，彼得？"文蒂问道。

彼得只好给她翻译。"丁卡说话不大讲礼貌，她说你个子不小，可不漂亮。她说她要做我的小仙。"

接着，彼得和丁卡争论起来。"你知道，你是不能做我的小仙女的，我是一个大男子汉。而你是一个女的。"

"你这个傻瓜！"丁卡回了他一句，就飞到浴室里去了。彼得抱歉地向文蒂解释说："她不过是一个很普通的仙女，名字叫丁卡·贝尔。丁卡是补锅匠的意思，因为她过去干过补锅补壶的事。"

两人坐在一个大靠椅上，文蒂又向彼得问起许多问题。

"你现在不住在肯辛顿公园里了吧？"

"我有时还住在那里。"

"你大部分时间住在哪里呢?"

"和一些丢失了的孩子住在一起。"

"他们是谁呢?"

"在公园里,当保姆向别处张望的时候,有些孩子不小心从娃娃车里滚出来。如果七天之内没人来认领,我就把他们送到遥远的永无岛去。在那里我就是队长。"

"永无岛?真有意思!"

"当然,"彼得说,"但是我们很寂寞。你知道吗,我们那儿一个女的也没有。"

"那么多孩子没有一个女的吗?"

"啊,没有。你知道,女孩子们很伶俐,她们不会从娃娃车里滚出来的。"

文蒂一听见别人赞扬女孩子,就高兴得不得了。"我觉得,"她说,"你谈起女孩子来真叫人高兴,不像我弟弟约翰,他简直看不起我们。"

彼得听了,站起来一脚把约翰连毯子踢下床来。文蒂觉得第一次见面就这样做,未免太莽撞了些。她厉声喝住彼得,提醒他在这屋里可不是队长。可约翰掉在地板上并没摔着,依旧安稳地睡着。文蒂也就由他睡在那里。她觉得刚才不该那样顶撞彼得,有些后悔地说:"我知道你也是好意……你给我一个吻,咱们和好吧!"

文蒂这时又忘了，彼得是不懂得什么叫吻的。他还以为文蒂生气了，要收回赠给他的那个顶针呢。他把顶针拿出来，心情况痛地说："我想你是要收回这个吻吧。"

"啊，"文蒂温柔地说，"我要的不是吻，是一个顶针。"

"什么叫顶针？"

"是这样，"文蒂吻了他一下，"这就叫顶针。"

"真有意思，"彼得说，"我也给你一个顶针吧！"

"好吧。"文蒂说。这一次她挺直了脑袋，没有主动把脸伸过去。

彼得给了她一个"顶针"，她顿时叫了起来。

"怎么了，文蒂？"

"好像有什么人在扯我的头发。"

"一定是丁卡，我以前不知道她这么顽皮。"

果然是丁卡在文蒂头上乱飞，嘴里还说着不中听的话。

彼得翻译说："她说，每次我给你顶针的时候，她就要扯你的头发。"

"为什么呢？"

"为什么，丁卡？"彼得问。

"你这个傻瓜！"丁卡又骂了他一句。彼得还没弄懂是什么原因，但是文蒂已经懂了。彼得说，他来文蒂的家是为了听故事，并不是为了看望她。这叫文蒂听了真有点失望。

"你要知道，文蒂，我没听过多少故事。那些被丢失的孩子们没有一个会讲故事的。"

"是吗？真没劲！"文蒂说。

"你知道吗，文蒂，"彼得问，"小燕子为什么在房檐下筑巢？就是为了听人们讲故事。啊，文蒂，那天我听见你妈妈给你们讲了一个非常好的故事。"

"哪一个故事？"

"就是那个王子，他找不到穿水晶鞋的姑娘。"

"啊，彼得，"文蒂兴奋地说，"那就是灰姑娘，后来王子找到了她，他们永远快乐地生活在一起了。"

彼得听了高兴地跳起来，一个箭步跑到窗前。文蒂担心他马上就走，问道："你要到哪去？"

"去告诉那些孩子们。"

"别走，彼得，"文蒂央求说，"我知道的故事还多着呢！"

文蒂这样说，显然是为了吸引住彼得。

彼得走了回来，眼里闪着贪婪的目光。一般女孩子看见那种目光都会害怕的，但是文蒂一点也不怕。

"啊，彼得，我可以把故事讲给那些孩子们听！"文蒂说。彼得听了高兴极了，一把抓住她，就往窗口那儿拉。

"放开我！"文蒂命令似的说。

"文蒂，跟我走吧，去讲故事给那些孩子们听。"

文蒂当然很高兴接受邀请。但是她说："啊，彼得，我不能去。妈妈找不到我该多么着急！况且，我不会飞呀！"

"我教你飞。"

"是吗，我要学会飞多有意思呀！"

"我教你怎样跳上风的背，这样就可以飞走了。"

"真的?"文蒂高兴地叫了起来。

"文蒂，文蒂，你躺在床上多没意思。这么美丽的夜晚，你可以随着我在天空飞来飞去，跟星星谈话，多有趣！"

"是吗?"

"对了，文蒂，我们那儿还有美人鱼呢！"

"美人鱼，有尾巴吗?"

"有，尾巴这么长！"

"啊，"文蒂高兴地叫道，"我真的能看见美人鱼?"

"真的！"彼得极力劝她走，"文蒂，到了永无岛，你一定会受到大家的尊敬！"

文蒂身子动了一下，两只脚好像黏在地板上抬不起来。

彼得一点儿也不可怜她恋家的心情。

"文蒂，"他狡猾地说，"夜里，你可以把我们像小娃娃似的塞进被窝里去睡觉。"

"啊啊！"

"我们从来没享受过那样的温暖。"

"啊啊。"文蒂把两臂向彼得伸了过来。

"你可以给我们补衣服，缝口袋，我们的衣服上都没有口袋。"

文蒂怎能禁得住这样的引诱，兴奋地叫道："那多有趣呀！彼得，你也答应教约翰和迈克尔学飞吗？"

"当然可以。"彼得大方地说。文蒂急忙跑到约翰和迈克尔身边摇醒他们。"醒醒，快醒醒！"她叫着，"彼得·潘来了，他要教我们学飞。"

约翰揉着眼睛说："我就起来。"他一睁眼，发现自己早已在地板上了，就说，"哦，我已经起来了！"

迈克尔听说学飞，蓦地坐了起来，就像马蜂蜇了屁股一样。这时彼得忽然做了一个手势，要大家别出声。大家都屏住呼吸，一个个竖起耳朵，静听着成人世界的动静。仿佛没出什么事。不，听！真的有情况！娜娜一晚上叫个不停，现在却不叫了。他们在寂静中听见了娜娜走来的声音。

"吹灭灯！藏起来！快！"约翰生来第一次这样发号施令。丽莎带着娜娜进来的时候，屋里好像一切照旧，黑洞洞的，还可以听到三个孩子"熟睡"的鼾声。实际上他们都躲在窗帘的后面。

丽莎这时很生娜娜的气。因为她正在厨房里做圣诞节的蛋糕，娜娜没完没了地叫，她不得不出来看看，脸上还粘着一粒葡萄干呢！她想今天晚上要想安静，就得让娜娜去孩子的屋里看一趟。她又怕把娜娜放回去惹主人生气，就只好自己牵着娜娜进来看一眼。

"瞧，就你多心！"丽莎没好气地对娜娜说，"他们不是很好吗？几个孩子都在床上熟睡呢，你听他们的鼾声。"

这时迈克尔更鼓起劲来大声地打鼾。娜娜听得出来那鼾声是假的，拼命想从丽莎的手里挣脱出来。

丽莎怎么也不松手。"别闹了，娜娜！"她厉声喝道，一边把娜娜拖出屋门，"我警告你，娜娜，你要是再叫，我立刻就把主人从宴会上请回来，看他们不拿鞭子抽你才怪！"

丽莎又把娜娜锁了起来。可娜娜怎能够停住不叫呢？把主人从宴会上请回来？哼，娜娜要的正是这个！只要孩子们不出事，娜娜还顾得上挨不挨鞭子吗？丽莎又回去做她的圣诞节蛋糕，娜娜看着靠她帮忙是没指望了，就拼命地挣脱。它终于把锁链挣断了。娜娜急忙跑到 27 号，进了餐厅，把一只脚抬起来，脚掌向着主人，表示有紧急情况。达林夫妇立刻意识到，孩子们的房里一定出了事。他们来不及向主人告别，就急忙跑出门来。

现在离三个孩子躲在窗帘后面的时候，大约已经有十分钟了。

十分钟的时间，彼得·潘是可以做很多事情的。

"不要紧了，"约翰从藏身的地方钻出来宣布说，"我说彼得，你真的会飞吗？"

彼得也不回答，只在屋里飞了一圈儿，半道上还飞过了高高的壁炉架。

"真带劲！"约翰和迈克尔喊着。

"多美呀！"文蒂喊着。

"是啊，我多美呀！啊，我多美呀！"彼得又得意忘形起来。

飞，看起来好像很容易，但是孩子们先在地板上试了一下，又从床上试了一下，身子总是往下坠，浮不起来。

"我说彼得，你是怎么飞起来的？"约翰揉着摔疼了的膝盖问。他是一个什么事都喜欢试试的孩子。

"你心里只想着起飞，"彼得解释说，"这种奇异的念头就会把你引到半空中。"

彼得说着，又给他们示范一遍。

"你做得太快，"约翰说，"不能慢慢地做一次吗？"

彼得快的慢的都做了一次。"我学会了，文蒂！"约翰叫道，但是他试了一下，还是不行。虽然连迈克尔都认得双音节词，而彼得连字母表都念不下来，可是要说飞，他们可差远了，三个孩子没有一个能飞出一寸远。

当然，彼得说了那么多，都是在和他们开玩笑。如果身上不沾些仙尘，谁也飞不起来。我们前边已经说过，彼得的一只手上沾满了仙尘，这时他往每个人身上都吹了一些，便产生了奇妙的结果。

"好了，现在你们这样鼓动自己的肩膀，"彼得说，"往上起。"三个孩子全站在床上准备好，勇敢的迈克尔第一个飞了起来。他本来还没想正式起飞，才这么一试，就立刻在屋里飞起来了。

"我飞了！"迈克尔在半空中高兴地喊起来。约翰也飞起来了，他在靠近浴室的空中遇见了文蒂。

"啊，真有意思！"

"啊，真带劲！"

"你看我！"

"你看我！"

"你看我！"

他们都没有彼得飞得灵活，两只脚总有点乱踢乱动，但是他们的头都要触着天花板了。真是妙极了！彼得先扶了文蒂一把，丁卡看见了很不高兴，他只得赶快把手缩回来。

他们上上下下一圈一圈地飞着，文蒂讲话的声音好像在天上一般。

"我说，"约翰喊着，"我们为什么不飞出去试试！"

这话正合彼得的心思。

迈克尔已经准备好了：他要试一下，飞一万万万英里用多少时间。但是文蒂有点犹豫。

"去看美人鱼！"彼得又说。

"啊啊！"

"还有海盗！"

"海盗！"约翰喊着，一把抓起他的帽子，"我们快走吧！"

就在这时候，达林夫妇和娜娜从 27 号跑出来了。他们跑到街上望着孩子们的窗子。不错，窗子还关着。但是屋里亮着灯，最可怕的是，透过窗帘，可以看见三个穿睡衣的人影在屋里转来转去，不是在地板上，而是在半空中。啊！不是三个人影，是四个！

他们战战兢兢地推开院子的门。达林正要一步蹿上楼去，但是达林夫人示意让他轻一点儿，生怕惊吓了孩子们，即使屏住呼吸还总嫌自己的心跳得太厉害。

他们赶到孩子们房里还来得及吗？如果来得及，他们该有多么高兴，就连我们也要为他们松一口气。然而那可就没有什么故事可讲了。反过来说，如果他们来不及，他们什么时候才能再见到自己的孩子呢？

要不是星儿们看见达林夫妇回家，他们实际上是来得及赶到孩子们房里的。因为星儿们看见了他们，急忙又把窗子吹开，最小的那颗星儿喊道：

"彼得，快跑！"

彼得知道不能再耽搁了。"跟我来！"他大叫一声，立刻飞入夜空中去。约翰、迈克尔和文蒂都飞了出去。

达林夫妇和娜娜冲进孩子们的房间。但是太晚了，鸟儿都飞了。

第四章

飞　行

"第二个转弯处向右拐，然后照直走，一直走到天明。"

这就是彼得告诉文蒂的去永无岛的路。但是依着彼得的话做，即使是天上的鸟儿，带着最详细的地图，在风儿的每一个转弯处都按照地图查看一番，恐怕也找不到永无岛。因为彼得不过是偶尔想起，随便这样说了一句。

起初，孩子们很相信彼得的话，而且觉得飞行特别有趣。他们绕着教堂的塔尖或者途中有趣的建筑飞来飞去，耽搁了不少时间。

约翰和迈克尔比赛了一阵，结果还是迈

克尔飞得快！他胜利了。

孩子们高兴地飞呀飞呀，回想起在屋里学飞的时候，刚飞了两圈儿就高兴得不得了，现在想起来连自己都觉得不值一提了。

"从家里飞出以后，究竟过了有多久？"文蒂想到这里的时候，他们正在飞越一个大海。约翰认为，这是他们飞过的第二个大海，已经是他们飞出的第三个夜晚了。

天时明时暗，他们感到时冷时热。有时他们真的肚子饿，有时假装肚子饿，看彼得怎样给他们弄吃的。彼得追上那些飞鸟，从它们嘴里抢来能吃的东西，然后鸟儿又追着他抢回去。他们互相追逐着，不知飞了多少里，终于互相表示和好而分别。但是文蒂觉得奇怪，彼得为什么不飞去寻找面包和牛油呢，他难道不知道还有别的方法？

飞得时间长了，他们累了，很想睡觉。但是在空中睡觉是很危险的，因为他们一睡着，就会坠下去。这事在彼得看来十分好笑。

"他又坠下去了！"彼得看见迈克尔像块石头似的坠下去，高兴得喊了起来。

"快救他！快救他！"文蒂叫起来。看着下面汹涌的大海，她害怕极了。后来眼看迈克尔就要坠到海面了，彼得才从空中直扑下去，一把将他抓住。彼得这一手干得真妙。他总是等到最后的一瞬间才去救人，好像是在故意炫耀他的本领，而不是专门为了救人。彼得喜欢开玩笑，而且兴趣变化无常，说不定下次谁再坠下去，他就由你一直坠到底。文蒂真担心这一点。

彼得能在空中睡觉而不下坠，只消仰卧在空中，就可飘浮着。这也许是因为他身体特别轻的缘故。如果你在他后面吹一口气，他就会像鹅毛一般飞出老远。

孩子们和彼得在空中追着玩时，文蒂常常低声提醒约翰："你们对彼得要尊重些。"

"那你告诉他别逞能。"约翰说。

他们追着玩的时候，彼得故意贴着水面飞，一边飞，一边摸一下每条鲨鱼的尾巴。好像你在街上走路时，用手指随意摸铁栏杆一样。这一手孩子们是办不到的，所以大家都嫌他逞能。特别是当彼得故意回头看着他们，数着有多少条鱼尾巴他们没摸住的时候，大家免不了要说几句风凉话。

"你们一定要对彼得好一点儿，"文蒂再三叮嘱弟弟，"如果他抛开我们，我们可怎么办呢？"

"我们回去！"迈克尔说。

"没有彼得，我们怎么找到回去的路？"

"那我们一直往前飞就是了。"约翰说。

"怕的就是这个，约翰。我们只能前进，因为我们不知道怎样停下来。"

真是的，彼得还没有教给他们怎样停下来。

约翰说，万一遇到那种情况，就只好一直向前飞。反正地球是圆的，总有一天会飞到自己家里。

"那谁给我们找东西吃呢，约翰？"

"我已经学会从老鹰嘴里夺东西吃了，文蒂。"

"可你夺了20次才成功一次，"文蒂提醒他说，"即使我们能够弄到吃的，你瞧着吧，如果没有彼得在我们身旁照料，我们将会撞着流云或其他的东西。"

这话一点儿也不假。他们虽然飞得很好，两只脚也不像开始那样乱踢乱蹬了，但是如果他们看见前面有一朵云，总是愈躲愈要撞上。假如娜娜现在跟着他们，这时它一定会给迈克尔头上缠一块绷带。

有时彼得会离开孩子们，使他们觉得很寂寞。彼得飞得比他们快多了，他有时忽然飞向远方，飞到大家看不到的地方，在那里干一些大家不知道的事。有时他哈哈大笑着从高空飞下来，那是他刚刚和一颗星星讲完笑话，但是你问他讲了什么笑话，他已经早忘光了；有时他从海面飞上来，身上还粘着美人鱼的鳞，但是你问他遇到了什么事情，他也说不清楚。从来没见过美人鱼的孩子们听了真有点着急。

"既然他把美人鱼忘得这样快，"文蒂说，"怎能指望他将来还会记得我们呢？"

真的，有时候彼得回来就不认得他们了，至少是认不清楚了。文蒂看清了这一点。彼得在大白天从他们身边飞过的时候，眼里竟流露出努力辨认的神色。有一次，文蒂向他喊出自己的名字，他才认出来。

"我是文蒂！"她大声地说。

彼得很抱歉。"我说文蒂，"他低声说，"你每次看见我忘了你，就喊一声，'我是文蒂'，我就会想起你来了。"

当然，这件事惹得大家有些不高兴。为了使大家高兴起来，彼得便教他们怎样仰卧在风的背上，顺风滑翔。大家试了几次，居然可以躺在风背上安稳地睡觉了。这当然是一件令人高兴的事。孩子们很想多睡一会儿，但是彼得不一会儿就睡腻了，用队长的口气喊着："我们要在这儿降落了！"一路上免不了有些争吵，但总的来说，还算过得愉快。他们终于飞近永无岛了。他们一连飞行了好几个月，而且是一直向正前方飞的，一个弯儿也没拐。说起来彼得和丁卡也算不上什么功劳，一直向前飞，那永无岛就会呈现在人们面前；一直向前飞，谁都可以看见那神奇的海岸。

"你们看，那儿就是永无岛。"彼得不慌不忙地说。

"哪里？哪里？"

"就是无数金箭指着的那个地方。"

真的，仿佛有一百万支金箭指着那远方的小岛。那金箭是孩子们的好朋友太阳放射出来的，太阳要在下山之前帮孩子们认清道路。

文蒂、约翰和迈克尔在空中踮起脚尖望着那小岛。说也奇怪，他们立刻就认识了这个地方。他们一点也不觉得陌生，一个个向着小岛欢呼起来，仿佛是放假回家遇到了老朋友。

"约翰，你看那边就是环礁湖。"

"文蒂，你看那往沙里埋蛋的乌龟。"

"喂，约翰，我看见你那只断腿的红鹤了！"

"瞧，迈克尔，那边就是你的小棚子！"

"约翰，那矮树林里是什么？"

"那是一只狼和它的小狼崽子。文蒂，那一定是你心爱的小狼崽！"

"那边是我的柳条船，约翰，你看船舷都撞碎了！"

"不，那不是！你忘了，我们把你的柳条船早烧了。"

"不，不，那一定是我的柳条船！嘿，约翰，我看见红人帐篷上的炊烟了！"

"在哪里？指给我看看，我看见那炊烟弯曲的样子，就知道他们是否准备开战。"

彼得听了他们的议论有些不高兴，因为他们懂得那样多。不过彼得要想在他们中间逞英雄，那还是很有把握的，因为不久孩子就会害怕起来。

太阳落山，金箭都消失了，永无岛陷入黑暗之中。

从前在家里的时候，孩子们仿佛梦见过这永无岛。它总是在你临入睡的时候出现：面前一片荒凉，黑影子在那儿移动，野兽的吼叫也与平时不同了。要是你自己失去了勇气，就会猛地惊醒过来。每逢这时，娜娜就点亮灯，给孩子们解释说，这一切可怕的影像都不过是壁炉架上的斑纹引起的幻觉。

然而现在可是真的到了永无岛。并且这里没有灯，愈来愈黑。啊，娜娜，你在哪里？

文蒂他们本来是散开来飞的，现在却紧紧地凑在彼得身旁。彼得那满不在乎的神情也消失了，他眼里闪着光。孩子们每次在黑暗中碰着彼得的身体，就不由得一阵心慌。他们飞得很低，有时候就从树梢上掠过。空中看不见什么阻挡的东西，但他们飞得很慢、很吃力，就像一边和敌人搏斗一边前进一样。有时他们得停在半空中，等彼得用拳头在前边乱打一阵才敢前进。

"他们不让我们上岸。"彼得解释说。

"他们是谁？"文蒂颤抖着低声问。

但是彼得回答不上来，也不愿意回答。丁卡·贝尔一直睡在彼得的肩膀上。这时彼得推醒了她，叫她在前面探路。

彼得有时在空中停住，把手放在耳边细心地听一阵，随后又往下看。他的两道目光锐利得简直能在地上穿两个洞。这样仔细地侦察一阵，他们才又继续前进。

彼得胆大，喜欢冒险。有一次他忽然扭头对约翰说："你愿意现在就去冒险，还是先吃点东西？"

"先吃东西！"文蒂很快地说。迈克尔非常赞同，飞过来感激地握住文蒂的手。而约翰却有点拿不定主意。

"冒什么险?"约翰小声问。

"地上睡着一个海盗,就在我们脚下,"彼得告诉他,"如果你愿意冒险,我们就下去杀死他。"

"我怎么没看见?"约翰向下看了半天才回答说。

"我看见了。"

"如果,"约翰嗓子发干似的停了停说,"如果他醒了怎么办呢?"

彼得一听就知道他也是个胆小鬼,生气地说:"你以为我在他睡觉的时候去杀他吗?我要先推醒他,然后再杀他。我总是这样杀人的!"

"我说彼得,你杀过很多人吗?"

"有好几吨!"

约翰夸了一句"真能干",但最后还是决定先吃东西。他问岛上现在有多少海盗,彼得说多极了,他从来没见过这么多。

"现在谁是船长?"

"胡克。"彼得回答说。他说出这个讨厌的名字时,脸色变得十分难看。

"加斯·胡克?"

"是的。"

迈克尔一听吓得哭起来,就连约翰也吓得直咽唾沫,因为他们早就听说胡克的大名了。

"他是一个黑胡子船长，"约翰哑着嗓子低声说，"他是最凶恶的家伙，没有一个水手不怕他。"

"对，就是他。"彼得说。

"他长得什么样？个子很大吗？"

"没有从前那么大了。"

"什么意思？"

"我从他身上砍下来一块。"

"你？"

"是的，我！"彼得厉声说。

"我问这个可不是瞧不起你呀，彼得。"

"啊，没关系。"

"但是，我说彼得，你给他砍下来哪一块？"

"他的右手。"

"那么他现在不能打仗了？"

"怎么不能！打起来厉害着呢！"

"他习惯用左手吗？"

"不，他用一个铁钩子代替右手。"

"用铁钩子抓人？"

"是的，约翰。"彼得说。

"嗯。"

"不要'嗯，啊嗯'的，要说'是，是，先生'。"

"是，是，先生。"

"有件事我得给你说清楚，"彼得接着说，"凡是在我手下的孩子都得向我做出保证，所以你也不能例外。"

约翰不知道什么事，紧张得脸都发白了。

"你得保证，我们以后和胡克打仗的时候，你一定要把胡克留给我对付。"

"我保证！"约翰诚恳地说。

这时候，孩子们都不大害怕了，因为有丁卡和他们在一起。在丁卡的亮光之下，大家彼此都可以看见。可丁卡不能飞得那样慢，所以她只得绕着他们一圈一圈地飞。孩子们仿佛在一个光环里动来动去。文蒂很喜欢丁卡带来的光亮，可彼得后来指出这亮光的危险。

"丁卡告诉我，天没黑的时候海盗们就发现了我们。他们已经把'郎汤姆'拉出来了。"

"'郎汤姆'？是大炮吗？"

"是的。他们一定会发现丁卡的亮光。假如他们猜想我们都聚在亮光周围，他们一定会开炮的。"

"让丁卡马上走开吧，彼得！"三个人同时喊着。但是彼得不答应。

"丁卡以为我们迷路了，"彼得说，"她心里正害怕呢，我们怎么能在这时候把她赶走?"

这时,那亮光的圈儿忽然断了。丁卡落在彼得身上,亲昵地拧了他一把。

"那你告诉丁卡,"文蒂请求说,"请她把亮光熄灭。"

"可她不能熄。这大概是仙女唯一做不到的一件事。只有在她睡觉的时候,亮光才会自然地熄灭,像天上的星星那样。"

"那就告诉丁卡立刻睡觉!"约翰几乎命令似的说。

"除非她真的想睡,否则她是睡不着的。这大概又是一件仙女做不到的事。"

"可我觉得,"约翰吵起来,"只有这两件事是最要紧的!"

他话未落音,就被丁卡拧了一把。这回可不是亲昵的。

"要是我们谁有一个口袋就好了,"彼得说,"我们可以把丁卡放在口袋里。"可是他们出来得仓促,四个人身上连一个口袋也没有。

彼得想出一条妙计:约翰的帽子!

丁卡也答应在帽子里待一会儿,条件是这顶帽子得用手拿着。当然,她希望最好由彼得拿着。后来决定由约翰拿着,她也同意了。过了一会儿,约翰说飞起来帽子总碰他的膝盖,就由文蒂接了过来。这一下可惹出了麻烦,大家知道丁卡·贝尔最恨文蒂,最不愿意领文蒂的情。天知道她会怎样报复文蒂!

丁卡的亮光完全藏在黑帽子里了,孩子们便在一片寂静中向前飞行。这是他们一生中最寂静的时刻，偶尔有一两声舌头舔什么的声音，彼得说，那是野兽在河里喝水；后来又有一阵锉什么的声音，大概是树枝在风中互相摩擦吧，可彼得说是红人在磨刀。

这些声音不一会儿也消失了。迈克尔觉得寂静得可怕，喊了一声："怎么一点儿声音也没有了？"

话音未落，好像应着他的请求似的，空中发出一声从未听到过的轰然巨响——海盗向他们开炮了。

炮声震荡着山谷。那回声好像在凶狠地嚷着："他们在哪里？他们在哪里？他们在哪里？"

三个吓慌了的孩子，这时明显地感觉到幻想的永无岛与现实的永无岛有什么区别了。

炮声响过之后，约翰和迈克尔一看，只剩下他们两个在黑暗中。约翰只是机械地踏着空气。迈克尔原来不会飘浮，现在竟然也不自觉地浮在空中了。

"你被打着了吗？"约翰颤抖着低声问。

"我还不知道呢。"迈克尔小声回答。

实际上他们一个也没有被打着。彼得被炮弹的一阵风吹到海外去了。文蒂被掀到高空去了，只有丁卡·贝尔和她在一起。

文蒂如果在炮响的时候把帽子扔掉就好了。

我不知道丁卡是偶然想起，还是在路上早已盘算过的，这时她立刻从帽子里跳出来，开始引诱文蒂，想把文蒂带到死亡的路上去。

丁卡并不是一个十足坏的仙女。或者说，这时候她很坏，有时候却很好。仙女们总是这样，不是很坏，就是很好。因为她们的身体很小，在同一个时间里只能容纳一种情感。她们能够改变自己的情感，不过要改变就得全部改变。现在，丁卡心里充满了对文蒂的嫉恨。她的话，那叮叮咚咚的声音，文蒂当然还是听不懂，我想那一定是些不中听的话。丁卡绕着文蒂前前后后地飞，很明显是在告诉文蒂："跟我来吧，我会送你到安全的地方去！"

可怜的文蒂有什么法子呢？她呼喊着彼得、约翰和迈克尔的名字，但只能听到自己的回声。文蒂并不知道丁卡会嫉恨她。她心慌意乱，摇摇摆摆地跟着丁卡，朝着死亡的路飞去。

第五章

永无岛上

听说彼得已在回来的路上，永无岛醒了。

彼得不在的时候，永无岛是很安静的。仙女们早晨喜欢睡懒觉。野兽们都在照料自己的小崽子。红人们连着六天六夜大吃大喝。海盗与丢失的孩子们相遇的时候，只是面对面地咬着大拇指。彼得是最讨厌懒散的，他一回来，整个永无岛全都活跃起来。假如你把耳朵贴在地上细听，便可以听到整个岛上的各种动静。

这天晚上，岛上的人正在干什么呢？被丢失的孩子们出来寻找彼得，海盗们出来寻找丢失的孩子们，红人们出来寻找海盗，野兽们出来寻找红人。他们在岛上一圈一圈地绕，但是谁也没有追上谁。因为他们走的速度是一样的。

除了被丢失的孩子们以外，其他人都盼望打起来，他们想看看流血。孩子们向来喜欢看流血，但是今天晚上他们是出来欢迎队长彼得的。岛上孩子的人数常常有变动，有的被杀，有的死于其他原因。按照岛上的规矩，孩子们是不准长大的，如果彼得发现谁长大一点，就让他饿肚子，所以也有饿死的。到现在为止，如果那对双胞胎算做两个人的话，岛上只有六个孩子。现在假设我们趴在永无岛上的甘蔗林里，看着他们一个一个地排成单行，手按着刀背，偷偷地前进。

彼得不准孩子们模仿他的装束，孩子们只好杀死狗熊，把熊皮裹在身上。他们穿得圆滚滚的，浑身是毛，如果不小心跌倒了，就会滚出去老远。所以他们走路十分小心。

走在最前面的是图图斯。在这支勇敢的队伍里，他不是最胆小的，只是他运气不好。他参加的战斗没有别人多，因为总是在他已经走过去而且刚刚拐了弯的时候，战斗才发生。伙伴们战斗起来从来不出声，他一点儿也不知道，就一个人走开，去拾柴烧火。等他回来的时候，别人早在那里打扫血迹了。这种坏运气使图图斯很难过，但他并不因此忌妒别人，反而变得更温和了。他是这些孩子中间最谦虚的一个。可怜而又善良的图图斯啊，今天晚上有件可怕的事在等着你呢！你要留神，否则这件事会落到你

头上。你要是接受下来，会成为你终生最大的痛苦。图图斯啊，今天晚上小仙女丁卡·贝尔要干坏事，现在正要找一个人帮忙，她认为你是这些孩子中最容易上当的一个。当心丁卡·贝尔！

但愿图图斯能听到我们的话，可是我们现在并不在永无岛上呀！图图斯咬着大拇指走过去了。

第二个走来的是尼布斯，他快乐而有礼貌。后面紧跟着的是斯莱特利。他用市棍削成笛子，边走边吹呀舞的。斯莱特利是这些孩子中最虚伪的一个，他总以为他还记得丢失以前的教养和习惯，一天到晚扭着讨厌的歪鼻子。第四个是拳毛儿。他很顽皮，每当彼得板着面孔说"这件事是谁干的？站出来！"时，常常是他站出来。后来他形成了一种习惯，每次听到这句话就不由自主地站出来，也不管事情是不是他干的。走在最后的是一对双胞胎，我简直没法描述他们，因为我形容这一个的时候，你一定会误认为是另一个。彼得并不懂得什么叫双胞胎，他不懂的事情伙伴们也不准懂得，所以就连双胞胎自己对他们的关系也糊里糊涂。他们俩总是很惭愧地挤在一起，努力讨人家的欢喜。

孩子们在黑暗中消失了。过了一会儿，一群海盗走过来了。没看见人影以前，先听到了他们的歌声。他们总是唱着那支吓人的歌：

握紧绳索，哟嗬，加油干！

我们到海上去劫船；

若是炮弹把我们给打散，

我们定会在海底重逢！

这群海盗相貌凶恶，比刑场上等待枪毙的犯人还难看。走在最前面的是漂亮一点的柴可，意大利人。他不时地把头贴近地面听听动静。他赤着胳膊，耳朵上垂挂着西班牙银币。他在南美洲加奥城被捕的时候，曾经在监狱长的背上用刀子刻下了自己的名字。柴可的身后是一个彪形黑大汉，在非洲吉若姆河畔一带，做母亲的常用他的名字吓唬孩子们。后来他放弃了那个名字，一连改过几次名字，现在叫比尔·朱克斯，就是在海马号船上被弗林特砍了八十四刀才丢下钱袋的那个比尔·朱克斯，他浑身刺满了斑纹。还有库克森，据说是黑麻飞的弟弟，但是从来没人证实过。还有斯塔奇先生，他曾经在一所中学里当过老师，现在杀起人来还是文质彬彬的。还有天窗儿，他自称是美国摩根城的天窗。还有爱尔兰的水手长斯米，他是一个非常和气的人，就是捅你一刀，也不会惹你生气。在这帮海盗中，他是唯一不信国教的人。还有努德拉，他的手总是朝后长的。还有罗伯特·姆林斯、阿尔弗·梅森，以及其他几个在西班牙久已闻名的吓人的凶汉。

这群海盗中最凶狠最有力气的当然要数詹姆斯·胡克，他自己通常把名字写成加斯·胡克。胡克坐在一辆笨重的车子里，他手下的人拉着车往前走。胡克没了右手，安了一个铁钩子来代替。他总是挥着铁钩子催促拉车的人走快点儿。他把伙计们当狗一样看待，伙计们也真像狗一样听他的话。胡克的相貌怪吓人的：脸色灰黑；长长的卷发，远一点看上去像黑蜡烛一般，衬着他的脸，显得更加凶恶蛮横；他的眼像玻璃花一样蓝，眼神带着深深的悲哀。但是在他用铁钩子杀人的时候，眼里便现出两颗红点，把两只眼照得通亮。胡克的一举一动，还带着从前那种贵族的派头，看他那种威严的架势，简直能把人吃掉。听说，他从前还是个有名的会讲故事的人呢。他最有礼貌的时候，也正是最阴险狠毒的时候，这大概就是他出身高贵的证据吧。即使在骂人的时候说话也很文雅，显示着他与伙计们身份的不同。胡克这人非常勇猛。不过听说他最怕看见自己的血。他的血特别浓，而且颜色和别人的大不一样。胡克穿的衣服模仿查理二世的式样，因为他年轻的时候听别人说，他的模样很像那位倒霉的国王。胡克嘴里叼着一根自造的烟嘴，用那烟嘴可以同时吸两根雪茄。胡克身上最可怕的部分，当然就是他的铁钩子手。

现在我们来看一下胡克是怎样杀人的。就拿天窗儿来说吧，海盗们正在行进的时候，天窗儿蹒跚着走到胡克跟前向他挑衅。铁钩子手伸出来了，只听嘶的一声响，天窗儿的身休已被扯成两半，扔在路旁。海盗们头也不回照旧前进。胡克连口里的雪茄都没取下来！

这就是彼得·潘的对手。天知道他们俩谁输谁赢呢？

紧跟着海盗而来的是红人。他们一声不响，偷偷地从小路上走来，一个个都把眼睛睁得大大的。红人们手里拿着斧头和刀剑，赤裸的身体上像涂了红漆，闪闪发亮。他们身上挂着一串串的人头，有小孩的，也有海盗的。这些红人仍然属于野蛮部落，和那些善良的印第安人大不一样。红人们匍匐而行，他们的前锋是伟大的小豹子。他是一员猛将，但是身上挂满了那么多人头，又是爬着走，所以前进得并不快。在最后压阵的是虎莲公主，只有她骄傲地直立着前进。虎莲公主是女将中最美的一个，也是全部落出名的美人儿。她风流、多情，却又冷酷。没有一个年轻力壮的男子不想娶虎莲公主做夫人的，但是谁也抵挡不住她手里的那把斧头。红人们从落满树枝的地上爬过，竟连一点儿声响也没有。唯一能够听到的，是他们粗重的喘息。原来他们吃得太饱，有点行动不便。不过，不一会儿肚里的东西就会消化的，只是那胀大的肚子暂时会给他们带来一些麻烦。

红人过去了。接着而来的是野兽，狮子、老虎、狗熊，乱七八糟一大群，还有无数见了它们就逃的小动物。各种各样的野兽，特别是所有吃人的猛兽，都在这永无岛上杂居并存。它们的舌头都伸出来了，今天晚上它们都饿极了。

野兽过后，出现在最后的是一条巨大的鳄鱼。我们不久就会看出，鳄鱼是奔谁而来的。

鳄鱼刚过去，孩子们又出现了。他们就这样在岛上不停地转，除非等到某一部分停下来或者改变了前进的速度，一旦停下来他们便会立刻发生冲突。

永无岛上所有的生灵都瞪大着眼睛向前张望，没有一个想到危险会从后面悄悄地袭过来。

首先停下来的是孩子们。他们走到离家不远的地方，就一个个坐在草地上。

"真希望彼得赶快回来。"他们纷纷不安地说。尽管他们身高和体胖都超过彼得，但他们还是盼望着队长赶快回来。

"咱们这儿只有我不怕海盗。"斯莱特利用一种让人讨厌的声调说。但是他大概听到了远处的什么声音，赶忙补充说："不过我也希望彼得回来，好给我们讲讲关于灰姑娘的新故事。"

孩子们谈起了灰姑娘。图图斯很有把握地认为，他妈妈年轻的时候一定长得很像灰姑娘。

只有当彼得不在的时候，孩子们才能提起妈妈。因为彼得认为说这些最没意思，禁止大家谈论。

"关于妈妈的事，我只记得一件，"尼布斯对大家说，"她常常对爸爸说，'啊，我真希望自己也有一个存折！'我不懂什么叫存折，但是我真想替妈妈弄一个。"

孩子们正谈话间，忽然听见远处有什么声音。啊，又是那支吓人的歌：

> 哟嗬哟嗬，海盗的生活，
>
> 一阵欢乐，一根绳索。

头颅，白骨，做成旗帜，

快活，快活，大卫·琼斯！

刹那间，孩子们都不见了，一个个逃得比兔子还快。

孩子们逃到哪儿去了呢？尼布斯跑到远处侦察还没回来，除了他以外，其他人都躲到家里去了。他们的家在地底下，是一个很有趣的地方，下面我们还要详细介绍。这里先说一下孩子们是怎样到家的。地面上看不见什么入口，连一块大石头也没有。如果有一块大石头，搬开来或许可以找到一个洞口。但是只要你仔细观察，你可以发现这里有七棵大树，每棵树上都有一个洞，刚好能钻进一个孩子。这就是地下之家的七个入口。胡克几个月来一直没发现这奇妙的入口，今天晚上他会不会发现呢？

海盗们走近了。斯塔奇眼快，首先看见尼布斯正往树林里逃跑，便开了一枪。突然，一个铁钩子手抓住了他的肩膀。

"船长，放开我！"斯塔奇一面挣脱一面喊道。

"把手枪收起来！"这是我们第一次听见胡克的声音，是恶狠狠的声音。

"那个孩子是你的仇敌，我本来能把他打死的。"斯塔奇辩解着。

"不错。可是这枪声会招来虎莲公主的红人，你还想不想要脑袋？"

"我可以去追那孩子吗，船长？"斯米问道，"我用我的'约翰钻'去捅他，好不好？"斯米给自己的东西都起了有趣的名字，"约翰钻"是指他的刀，因为他杀人的时候总喜欢用刀在敌人的伤口处旋转几下。斯米有许多奇怪的习惯，例如他杀人之后，总要擦一擦他的眼镜，而不是擦他的刀。

"约翰钻是不会发出声响的。"斯米向胡克补充说。

"算了，斯米！"胡克凶狠地说，"那不过才一个孩子，我要把七个都抓来一起收拾，快分头去找他们！"

海盗们分头走进林中，只剩下船长和斯米。不知怎的，胡克船长长叹一声。是因为美丽的夜色吗？不，是他忽然想起了自己一生的经历。他把自己的事情告诉了这位最忠诚的水手。他讲了很久，讲得很诚恳，可惜斯米是个笨蛋，竟一点也不懂他的意思。

斯米忽然听到胡克提起"彼得"这两个字。

"我最大的愿望，"胡克激愤地说，"是把他们的队长彼得弄到手。就是他，砍掉了我的右手。"他一面说一面可怕地挥舞着他的铁钩子，"我等了很久了，真想拿这个铁钩子和他'握握手'。啊，我要把他撕个粉碎！"

"但是，"斯米说，"我常听您说，这铁钩子比二十只手都有用，还可以用来梳头什么的。"

"是啊，"船长回答说，"如果我是一位母亲，我真要祈求上帝，让我的孩子们生下来就有这么个铁钩子，而不要这笨拙的手。"说着，他得意洋洋地望了一眼铁钩子，又轻蔑地望了一眼那只左手，但很快又皱起了眉头。

"该死的彼得！"胡克战栗着说，"他把我的这只胳膊扔给了一条鳄鱼。"

"我说呢，"斯米说，"我发现你见了鳄鱼就害怕。"

"我不是怕所有的鳄鱼，"胡克说，"我怕的只是那一条鳄鱼。"他凑到斯米跟前小声说，"斯米，你知道，那条鳄鱼很喜欢吃我的胳膊，所以它总是跟着我，翻山过海，我走到哪儿它就跟到哪儿。它看见我便馋得直舔嘴唇。"

"从另一种意义上看，"斯米说，"这也许是出于对您的崇敬。"

"我可不要这种崇敬！"胡克狂叫起来，"我要的是彼得·潘。是他先把我的肉喂了鳄鱼的。"

胡克在一个大蘑菇上坐下来，连声音都有点发抖了。"斯米，"他粗声粗气地说，"其实，那条鳄鱼早该把我吞吃了，幸亏它不小心吞下了一个时钟，那时钟总是在它肚里滴答滴答地响。所以那鳄鱼每次靠近我的时候，我一听见滴答滴答的声音，就赶快逃走了。"说到这里，胡克笑了起来，是一种干笑。

"可总有一天，"斯米说，"时钟的发条会松下来的。钟一停，鳄鱼就会把你吞掉。"

胡克舔了舔干裂的嘴唇说："是呀，我怕的就是这个。"

胡克自从坐在大蘑菇上之后，就觉得屁股底下热得出奇。"斯米，"他说，"这个座位好热呀！"说着他便跳了起来，"不得了，不得了！把我的屁股烧焦了！"

他们仔细观察了一番这个大蘑菇，又大又结实。大陆上从来没见过这样大的蘑菇。他们想把蘑菇拔起来，结果一扳就下来了。原来这蘑菇没有生根。更奇怪的是，蘑菇下面一缕青烟冉冉升起。

"烟囱！"两个海盗同时惊叫起来。

他们发现了地下之家的烟囱。原来在敌人追来的时候，孩子们用一棵大蘑菇把烟囱盖上了。这是他们的习惯。

烟囱里不但冒出了青烟，而且传出了孩子们的声音。因为孩子们都以为藏得十分隐蔽，正欢天喜地地谈笑呢！两个海盗狞笑着听了一阵，又把大蘑菇放在原来的地方。他们四处搜寻，终于发现了七棵树的洞。

"船长，你没听他们说彼得不在家吗？"斯米小声说，一边忙着去动他的"约翰钻"。

胡克点点头。他站着思索了半晌，灰黑的脸上终于露出狰狞的笑容。斯米正在等着呢。"快下命令吧，船长！"他焦急地喊。

"回到船上去！"胡克慢慢地从牙缝里挤出这几个字来，"做一个有毒的大蛋糕，做得漂亮一点，浇上绿糖。这里只有一个烟囱，说明地下只有一间屋子。这些孩子傻得像田鼠，还用得着每人留一个门？可见他们没有母亲。我们把有毒的大蛋糕放在美人鱼的环礁湖边上。这些孩子常常在那里游泳，和美人鱼做游戏。他们看见蛋糕一定会吃的，因为他们没有母亲，他们不知道毒蛋糕的厉害。"胡克说完便大笑起来，这回不是干笑，而是得意忘形地笑，"哈哈！他们都要死了！"

斯米越听越从心里佩服。

"妙极了！妙极了！我从来没听说过这样好的办法！"斯米高兴地喊着。他们得意地边舞边唱起来：

> 停船系索我来了，
>
> 他们早被我吓跑。
>
> 谁敢握握铁钩手，
>
> 扒皮抽筋剩骨头。

他们开始唱得很带劲，但是还没唱完，就忽然停住不敢出声了。他们听到了另一种声音。起初很小，比一片树叶子落在地上还轻，但是后来越来越近，越来越清楚了。

滴答滴答滴答滴答。

胡克站在那里直发抖，一只脚提在半空中。

"鳄鱼！"他大叫一声，撒腿就跑。斯米也跟着逃走了。

真是鳄鱼。红人都追着其他海盗跑去了，鳄鱼不再跟着他们跑，却紧盯着胡克爬了过来。

孩子们又从地下出来了。但是黑夜里的危险还没有完全过去，只见尼布斯气喘吁吁地向他们跑来，一群狼正在追他。一只只饿狼都伸出舌头，嗥叫声可怕极了。

"救命啊！救命啊！"尼布斯呼喊着，跌倒在地上。

"怎么办！怎么办！"孩子们慌乱地议论起来。

这就看出彼得的作用来了。在这危险的时刻，他们都想起了彼得。

"要是彼得在这儿，他会怎么办呢？"

"对了，他一定弯下身子，从两腿中间看着狼群。"

"对，对，我们也照彼得的办法做。"

这真是对付狼群的好办法。他们一个个弯下身子，从两腿中间向后望。狼群看见这可怕的姿势，吓得拖着尾巴逃跑了。

尼布斯从地上爬起来，两眼还在愣愣地望着什么。大家以为他又看见了狼群，其实不是。

"我看见一个更奇怪的东西！"尼布斯喊道，引得孩子们焦急地围在他身旁，"是一只大白鸟，向这里飞来了！"

"什么鸟？"

"我也不知道，"尼布斯说，"看样子它很累，一面飞一面呻吟着说什么‘可怜的文蒂！’。"

"可怜的文蒂！"

"对了，我想起来了，"斯莱特利马上接口道，"是有一种鸟叫做文蒂。"

"你们看，它来了！"小拳毛指着天上飞来的文蒂喊起来。

文蒂现在就在他们头顶上飞，孩子们可以听见她的呻吟。但是丁卡·贝尔的尖嗓子听得更清楚。这个爱忌妒的小仙女现在已把友谊扔到一边，她在空中从四面八方向文蒂身上撞，每次撞着文蒂就狠狠地拧她一把。

"喂，丁卡!"孩子们惊讶地叫着。

丁卡回答:"彼得要你们射死这个文蒂!"

彼得的命令，他们是谁也不敢怀疑的。"遵命!"头脑简单的孩子们齐声答道，"快，拿弓箭来!"

除了图图斯以外，他们都钻进树洞里拿弓箭去了。图图斯随身带着弓箭呢，丁卡看见了，搓着小手催促他。

"快呀，图图斯! 快射呀!"丁卡尖叫着，"彼得会奖赏你的!"

图图斯慌忙搭上箭。"躲开一点，丁卡!"他大喊一声，嗖地射出去了。文蒂飘飘摇摇地落到地上，一支箭正好射在她的胸口上。

第六章

小 房 子

孩子们拿着弓箭从树洞里跳出来的时候，糊涂的图图斯已经像胜利者一样站在文蒂的身边了。

"你们太晚了！"图图斯骄傲地喊着，"我已经把文蒂射下来了。彼得会奖赏我的。"

丁卡·贝尔在空中喊了一声"蠢货！"就赶快飞走了。别的人都没听清她说些什么。孩子们围着文蒂，可怕的寂静笼罩着树林。假如文蒂的心还在跳动，孩子们一定都能听见。

斯莱特利首先打破了这寂静。"这不是鸟，"他惊慌地说，"我想这是一个小姐姐。"

"一个小姐姐?"图图斯说,吓得浑身发抖。

"唉,我们竟杀死了她!"尼布斯哽咽着说。

孩子们一个个脱下了帽子。

"现在我明白了,"小拳毛说,"彼得是把她带来照顾我们的。"他说着难过得要昏倒在地。

"好不容易才有一个小姐姐来照顾我们,你竟杀死了她!"双胞胎中的一个孩子说。

孩子们为图图斯的过失难过,更为他们自己的不幸难过。图图斯向他们走近的时候,他们都扭过脸去。

图图斯面色灰白,脸上现出从未有过的严肃。

"我真蠢!"图图斯陷入痛苦的回忆,"过去,一位美丽的女郎常常进入我的梦境,我总是说,啊,美丽的妈妈,美丽的妈妈!这回她真的来了,我竟把她射死了!"

图图斯说着,慢慢地走开了。

"别走,图图斯!"孩子们怀着怜悯之情喊住他。

"不,"他颤抖着回答,"我一定要走,我怕彼得……"

正在这时,忽然听到一种声响,孩子们一个个心都跳到了嗓子眼——那是彼得喔喔的叫声。

"彼得来了!"孩子们叫道。因为彼得每次回来总是发出这样的信号。

"快把文蒂藏起来!"孩子们小声说。于是大家匆忙地把文蒂围了起来。只有图图斯怏怏地站在一旁。

又是一阵喔喔的叫声，彼得飞落在他们面前。"你们好啊，孩子们！"彼得喊着。孩子们机械地行过礼，接着又是可怕的寂静。

彼得皱了皱眉头。

"我回来了，"他怒气冲冲地说，"你们为什么不欢呼？"

孩子们张开口，但是欢呼不出来。彼得并没有注意，因为他急着要告诉孩子们一个好消息。

"好消息，孩子们！"彼得高声喊着，"我终于给你们带来一个妈妈！"

依然没人作声，只听得图图斯扑通一声跪倒在地上。

"你们还没有看见她吗？"彼得问，他有点着急了，"她是向这里飞来的！"

"唉！"一个声音叹息道。

图图斯站起来了。"彼得，"他沉痛地说，"你来看看吧。"别的孩子还想遮掩着，图图斯却说，"散开，让彼得看看，"

孩子们全都往后退了退，给彼得让开一条路。彼得看了一会儿，也不知如何是好。

"她死了。"彼得扫兴地说，"临死可能受了什么惊吓。"

但是那支箭引起了彼得的注意。他把箭从文蒂胸口上拔下来，看着孩子们。

"谁的箭？"彼得厉声喝问。

"我的，彼得。"图图斯跪下说。

"啊，是你这个浑蛋？"彼得说着，举起手中的箭要刺他。

图图斯一点儿也不畏缩，他撕开衣衫露出胸膛。"刺吧，彼得，"他坚定地说，"用力刺吧！"

彼得两次举起箭来，都没刺下去。他惊奇地说："好像有谁拉住我的手一样。"

大家都吃惊地望着彼得，只有尼布斯看清了是怎么回事。

"是她，"尼布斯喊起来，"是文蒂。看，她的胳膊！"

说也奇怪，文蒂真的举起了胳膊。尼布斯弯下身去细细听了一会儿，悄悄告诉大家："我听见她好像在说，'可怜的图图斯。'"

"她又活了！"彼得高兴地说。

斯莱特利立刻叫起来："文蒂活了！"

彼得跪在她的身旁仔细看了一番，发现了他送给文蒂的那颗橡子。前面我不是说过吗，文蒂把那颗橡子挂在她的项链上了。

"看，"彼得说，"箭头射中了这个东西。这是我给她的一吻，救了她的命。"

"我想起来了，大人们常常说起吻，"斯莱特利抢着插嘴说，"让我来看看，不错，就是这东西。"

彼得没有理他，只是不停地叫着文蒂，盼她快快醒来，好带她去看美人鱼。文蒂没有回答，她还在昏迷之中。这时，头顶上却传来一阵哭声。

"听，是丁卡·贝尔！"小拳毛说，"她在哭呢！"

于是，大家不能不把丁卡的罪状告诉彼得。彼得脸色非常难看，从来没有那样难看过。

"丁卡·贝尔，你听着！"彼得生气地喊着，"你不再是我的朋友了，你滚吧，永远永远地离开我！"

丁卡飞到彼得的肩上求饶，但彼得把她推开了。后来文蒂又举起她的胳膊扯住彼得求情，彼得才大发慈悲地说："好吧，看在文蒂的面上，只罚你离开我一个星期。"

你想丁卡·贝尔会感激文蒂吗？啊，绝对不会，她因此更想狠狠地拧文蒂一把。仙女的性格实在奇怪得很，彼得最了解她们，而且常常为此打她们。

文蒂的身体很弱，怎么办呢？

"我们把她抬回家去吧！"小拳毛建议说。

"对，"斯莱特利附和着，"应该这样。"

"不，不，"彼得说，"不要动她，那样太不尊重她了！"

"是啊，"斯莱特利又附和彼得，"我也这样想。"

"可是，"图图斯说，"老让她躺在外面，她会生病的。"

"是啊，不能让她躺在外面，"斯莱特利说，"可是有什么办法呢？"

"有了，有办法了！"彼得喊起来，"我们围着她盖一个小房子。"

大家听了都很高兴。"快!"彼得命令他们,"每个人都把最心爱的东西贡献出来,把我们家里有用的东西全搬出来。动作要快!"

　　大家立刻干起来,忙得像办喜事似的。孩子们东奔西跑,先从家里取出被褥,又从树林里找来市柴生火。大家正忙作一团的时候,远处走来两个人。什么人?约翰和迈克尔。他们俩累极了,蹒跚地走着走着就睡着了。停住步,惊醒了。再向前挪一步,又睡着了。

　　"约翰,约翰,"迈克尔迷迷糊糊地叫着,"醒醒,约翰!娜娜和妈妈在哪里呢?"

　　约翰揉着眼睛喃喃地说:"真的,我们真的飞了!"

　　他们俩看见了彼得,就像看见了救星似的。"喂,彼得!"他们高兴地喊。

　　"嗯。"彼得虽然早把他们忘掉了,回答还是很友好的。他正忙着用脚量文蒂的身材,决定要给她盖多大的房子。当然,他还要考虑到留出放桌椅的地方。约翰和迈克尔在旁边看了一阵。

　　"文蒂睡着了吗?"他们问。

　　"是的。"

　　"约翰,"迈克尔提议,"我们叫醒她吧,叫她给我们做晚饭。"话刚落音,只见许多孩子抱着树枝跑来盖房子。迈克尔惊奇地叫着:"快看!他们干什么呀?"

　　"小拳毛!"彼得以队长的口吻说,"带这两个孩子去盖房子!"

"是，是，队长。"

"盖房子？"约翰惊奇地问。

"对，给文蒂盖房子。"小拳毛说。

"给文蒂？"约翰更惊奇了，"怎么，她不过是个女孩子！"

"就因为这个，"小拳毛解释说，"我们都是她的仆人。"

"你们？文蒂的仆人？"

"是的，"彼得说，"你俩也是。快跟他们去干吧！"

兄弟俩还没弄明白是怎么回事，就被拉去砍树运市头了。"先做好椅子和壁炉架，"彼得命令说，"然后从里面往外盖房子。"

"对对对，"斯莱特利说，"我想起来了，大人们盖房子总是这样盖的。"

彼得想得很周到。"斯莱特利，"他喊着，"你去请个医生来。"

"是，是。"斯莱特利立刻回答，搔着头皮走开了。他知道彼得的命令是不能违抗的，可又没处去请医生。过了一会儿，就自己扮作医生回来了。他戴着约翰的高帽子，脸色十分庄重。

"请问，先生，"彼得迎上来说，"您就是医生吗？"

在这种时候，我们就看出彼得和别的孩子不同来了。别的孩子都能分出真假，彼得分不出。在他看来，真的和假的都一样。如果孩子们有时假装吃过了饭，那他们就都得挨饿。

在这种时候，谁要是把假相戳破，彼得就会敲碎他的骨头。

"是的，孩子。"斯莱特利战战兢兢地回答，仿佛觉得身上有一根骨头已经裂了。

"麻烦您了，先生，"彼得解释说，"这里有个病人病得很重。"

文蒂就躺在他们脚下，但斯莱特利装作没看见的样子。

"哦，病人在哪里呢?"

"在地上躺着呢。"

"我给她量一下体温。"斯莱特利说着，假装把一个玻璃东西放进文蒂嘴里。彼得就守在旁边。斯莱特利把那玻璃东西抽出来的时候，心里突突直跳。

"她怎么样啊?"彼得问。

"哦——就会好的。"

"谢谢您了!"彼得说。

"我晚上再来一次，"斯莱特利说，"请用一个带嘴的杯子喂她一点牛肉汤。"斯莱特利把高帽子还给约翰之后，深深地喘了几口气。他每次逃过难关，总有这个习惯。

树林里不时传来斧头的声音，不大一会儿盖房子的材料差不多都备好了，就堆在了文蒂的身边。

"如果我们知道文蒂最喜欢什么样的房子就好了。"一个孩子说。

"彼得，"另一个孩子喊起来，"你看，文蒂动弹了一下。"

"她张嘴了!"第三个孩子也喊起来，恭恭敬敬地向她嘴里看了一眼，高兴地说，"啊，多可爱呀!"

"她好像要唱歌，"彼得说，"文蒂，唱支歌吧，告诉我们你最喜欢什么样的房子。"

文蒂眼也不睁地就唱了起来：

我愿有座美丽的小屋，

前所未有的小巧；

四面是有趣的红墙，

顶上是碧绿的野草。

孩子们听了，都咯咯地笑起来。他们觉得今天运气真好，砍来的树枝全是红色的，正好做围墙。至于碧绿的野草，这里遍地都是。孩子们很快把小房子建起来了，自己也高兴得唱起来：

我们建好了屋墙屋顶，

还做了个可爱的小门。

你还想要点什么呀？

文蒂妈妈，告诉我们！

文蒂的回答可有点贪心了：

你们问我还要什么？

我要窗口四面敞开，

窗外玫瑰花望着窗里，

窗里小婴儿望着窗外。

孩子们一挥拳头，立即去造窗户，还扯来大片的黄树叶子做窗帘。但是玫瑰花呢？

"玫瑰花!"彼得厉声叫着。

孩子们赶快假装在靠墙的地方种上了玫瑰花。

小婴儿呢?

为了防备彼得向他们要婴儿,孩子们赶紧唱起了下面的歌:

> 我们已在窗外种上玫瑰,
>
> 小婴儿就由我们自己代替。
>
> 既然婴儿时代已经过去,
>
> 我们自己可不能再创造自己。

彼得觉得这主意也不错,就把它当做自己的主意通过了。小房子盖得十分漂亮,孩子们虽然看不见屋里的文蒂,但想象中文蒂在里面一定很舒适。彼得在旁边来回地走着,监视工程的扫尾工作。任何一点马虎也逃不脱他那双眼睛。刚刚竣工,他又提出新的要求——"还没有门环呢!"他说。

孩子们觉得很惭愧。图图斯立刻把自己的鞋底取下来,做成一个门环。

这下可该完工了吧,孩子们想。

不,还差得远哩!"还没烟囱呢,"彼得说,"一定要有个烟囱。"

"当然,一定要有个烟囱。"约翰得意洋洋地重复说。这句话倒提醒了彼得,他从约翰头上把高帽子抓过来,把帽顶戳个洞,就放在屋顶上了。漂亮的小房子有了这样一个奇妙的烟囱,仿佛很满意,接着,一缕青烟就从帽子顶上袅袅升起。

这回可真的完工了，只待人来敲门了。

"你们都去打扮打扮，"彼得对大家说，"进门的第一印象是十分重要的。"

孩子们打扮开了，谁也没顾上问什么叫"第一印象"。

彼得很有礼貌地去敲门。这时候，树林里一片寂静，除了丁卡·贝尔以外，什么声音也没有。丁卡正在树枝间看着下面，毫不掩饰地嘲笑这里发生的一切。

孩子们纳闷的是，敲门的时候，果真会有人来开门吗？门真的开了。文蒂走了出来，孩子们全都恭敬地脱下帽子。

文蒂很惊奇。孩子们希望看到的正是她那副惊奇的样子。

"我这是在哪儿呀？"她问。

当然又是斯莱特利抢先回答。"文蒂，"他急切地说，"我们为你盖了这座小房子。"

"你喜欢吗？"尼布斯接着问。

"啊，多么可爱的小房子呀！"文蒂说，这正是孩子们希望听到的几个字。

"我们都是您的孩子。"两个双胞胎嚷道。

接着，孩子们全都跪下了，伸开两臂呼叫着："文蒂，请你做我们的妈妈。"

"我能行吗？"文蒂笑容满面地说，"当然，做妈妈是很有趣的，但是你们知道，我不过是一个小女孩，我没有经验。"

"不要紧的，"彼得说，好像只有他一个人什么都懂，其实他懂得最少，"我们需要的只是一个和气的妈妈。"

　　"啊，亲爱的！"文蒂说，"我向来是很和气的。"

　　"是的，是的，"孩子们喊起来，"我们早就看出来了。"

　　"好吧，"文蒂说，"我一定努力做一个好妈妈。快进来吧，淘气的孩子们，你们的脚一定湿了。快躺到床上去，睡觉之前我还要给你们讲灰姑娘的故事。"

　　孩子们走进屋去，我不知道这样小的房子怎么能容得下那么多人。据说，在永无岛上，人们是可以挤得很紧很紧的。这就是孩子们和文蒂在一起度过的第一个快乐的晚上。文蒂把孩子们一个挨一个地放在一张大床上，她自己睡在另一边。彼得手持大刀在外面站岗，因为远处可以听见海盗们饮酒作乐的喧闹，狼群也正在到处觅食呢！

第七章

地下之家

第二天，彼得第一件事就是量文蒂、约翰和迈克尔的身材，看是否适合空心树的树洞。孩子们每人要有一棵大树。你们还记得吧，胡克曾经为此讥笑他们。其实那正说明胡克的无知，如果树洞不和你的身体大小一样，从树洞里上下是很困难的，而任何两个孩子身体的大小都不会完全一样。如果树洞大小合适，你在上面只要吸满一口气，就会不快不慢地滑下去；上来的时候，只要一呼一吸，自然就会蠕动上来。当然，你熟练之后，就可以上下自如，方便极了。

但是身体和树洞要非常合适才成，所以彼得

给他们量身体的时候像量裁衣服一样仔细。不过这跟做衣服又不完全一样，做衣服的时候是按着身体的大小剪剪布料，现在是根据树洞的大小安排身体。一般情况下还容易对付，瘦了多穿件衣服，胖了少穿件衣服就成了。如果你的身上有哪个部位特别臃肿，或者剩下来的唯一的树洞样子特别古怪，那么彼得就得想办法改造你的身体，使之适合于树洞。一旦适合了，还需要极小心地保持自己的体型。后来文蒂才发现，这里的孩子们体型都不发生变化，原来是这个缘故。

文蒂和迈克尔第一次试自己的树洞就很合适，只有约翰的体型需要稍加修改。

过了几天，他们都练习得升降自如了，像是井里的水桶一样，新来的伙伴，特别是文蒂，渐渐地爱上了这个地下之家。这里和别的家庭一样，有一间大厅。大厅的地板可真有意思，你若想钓鱼，便可以在那里挖一个鱼池。地面上长了许多五颜六色的大蘑菇，可以当做凳子用。大厅中央，有一棵"永无树"，竟想从地下长起来。孩子们每天早晨把树干锯下一段，锯得和地面一样平。等到下午吃茶点的时候，树干又长出二尺多高，孩子们就把门板放上去，当一张大桌子用。吃过茶点以后，他们又把树干锯掉，好有宽绰的地方玩耍。大厅里有一个很大的壁炉，几乎占据了四周墙壁的所有空间，从哪个地方都可以生火。文蒂用树根细须搓成一根绳子，横着扯在壁炉上头，好把洗了的衣服晾在上面。白天，床板都靠墙斜立着，到六点半钟放下来，差不多要占半间屋子的地方。除了迈克尔以外，所有的男孩子都睡在这张床上，像是罐头里的沙丁鱼一般排列着。翻身的时候都要按严格的规定，一个人喊一二三，大家一齐翻身。迈克尔按说也应该睡在床上，但是文蒂想要一个婴儿，迈克尔是最小的一个，结果做母亲的办法你们大概都知道，文蒂把他放在摇篮里了。

地下之家非常简陋，如果小熊能找到一个这样的洞，也不见得比他们布置得差。洞里的墙壁上有一个凹进去的壁龛，和鸟笼差不多大小，那便是丁卡·贝尔的房间。一幅小小的幔子可以和外面隔开。丁卡十分讲究，穿衣脱衣的时候总要扯上幔子。世界上的女人，不管多么高贵，也不会有比这更漂亮的小房间。床铺是真正的仙后式，床腿由奇形怪状的原木做成；被褥随着果树开花的季节更换。她的镜子是一块天然的水晶石，据仙女古玩商人透露，像这样未经琢磨的镜子，全世界只有三个。洗脸盆是"馅饼皮"式的，可以翻转过来，抽屉柜是风行六个世纪的古董，地毯是玛格丽特和罗宾时代的珍品。还有一盏带彩穗的大吊灯，挂在那里做摆设，因为她的小房间靠自己照明，根本用不着点灯。

丁卡有点瞧不起这地下之家的其余部分，这也难怪；不过她自己的房间再漂亮，也不应该那样骄傲，对别的一切都不放在眼里。

文蒂一直忙得不可开交，那些爱闹的孩子们竟给她带来那么多工作。文蒂有好几个星期没工夫到地面上来，大概只有一个晚上，她匆匆忙忙出来一次，脚上只穿了一只袜子。为了做饭，她的鼻子尖几乎永远朝着锅。他们吃的主食是烤面包果、甘薯、椰子果、野生苹果和香蕉、葫芦等。但是你永远也弄不明白他们是真吃还是假吃，这要由彼得来决定。假如把真的吃饭当做一种游戏，彼得是很能吃的，而且总也吃不饱。孩子们对此都感到惊奇。再一种就是假吃，大家坐在一起谈吃。对于彼得来说，假的和真的没有什么差别。所以在假吃的时候，你可以看见彼得的肚子渐渐大起来。这对别的孩子来说可是一个难题，但是你必须照他的样子去做。只有当你向他证明你在你的树洞里显得太瘦的时候，他才准许你饱餐一顿。

孩子们都睡下之后，便是文蒂缝补衣服的时间。她常说，只有这时候她才有工夫喘一口气。文蒂给孩子们做新衣的时候，总要在膝盖部位打上块新补丁，因为他们的衣服全是膝盖处先磨破。

文蒂坐下来，拿出一篮子袜子，每双后跟上都有一个洞。文蒂伸了伸胳膊叹道："啊，我的宝贝儿，做妈妈可真不容易呀！"

而她叹气的时候，脸上却充满兴奋的光彩。

你们还记得文蒂喜爱的小狼崽吧，不是被爸爸妈妈扔掉了吗？不久，那小狼崽就在永无岛上找到了文蒂。文蒂高兴地搂抱着它，从此，文蒂走到哪里，它便一步不离地跟着文蒂。

时间一天天地过去了，文蒂难道不想念父母吗？这是一个很难回答的问题，因为我们说不清他们来永无岛以后到底过了多久。这里也是按照太阳和月亮计算日期的，但是岛上的太阳和月亮比大陆上多得多。文蒂恐怕并不是那么想念父母。她相信，爸爸妈妈一定会永远开着窗子等她飞回去，因此她十分放心。不过有时候文蒂也会觉得不安，因为她发现，约翰有时提起爸爸妈妈，仿佛只当做他从前认识的普通人。而迈克尔，却真的把文蒂当做了自己的妈妈。这两件事使文蒂有点怕，她不能不尽一个姐姐的责任。为了引起约翰和迈克尔对过去生活的回忆，文蒂模仿学校里考试的方法，出了许多题目让他们回答。别的孩子觉得很有趣，也要来参加。于是每个人都准备了一块石板，像上课一样围在桌子旁。文蒂把题目写在一块石板上，让大家传着看。大家都用心地想，用心地写。题目都是很普通的：

一、妈妈的眼睛是什么颜色的？二、爸爸和妈妈谁高？三、妈妈的头发是黄的还是黑的？（三题全答）

写一篇作文，至少四十个字，题目是：《记一次和爸爸妈妈在一起度过的愉快的暑假生活》《爸爸和妈妈的性情比较》。（以上两题任选一题）

一、描写妈妈的笑。二、描写爸爸的笑。三、描写妈妈的礼服。四、描写家里的狗窝和狗。（以上全做）

每天问的问题大致如此，文蒂告诉他们，答不上的话就画个"×"字。就连约翰也画了满篇"×"字，看了真吓人。每个题目都回答的只有斯莱特利一个人，谁也不如他答得快，但是他的回答都十分可笑，所以他实际上是倒数第一。真叫人伤心！

彼得没有参加考试。一是因为除了文蒂之外，所有的妈妈他都看不起；二是因为他不会写字，连最简单的字也不会写，再说，彼得也根本不屑做这一类的事。

探险的事，我们下面还要讲到，那是天天都会有的。但这几天，彼得在文蒂的帮助下，发明了一种新的游戏：他们假装不愿去探险，像约翰和迈克尔在家时那样，坐在小凳子上，向空中抛球玩；或者推推打打地出去散步，碰上大灰熊也不打猎，溜一圈就两手空空地回来。彼得起初很喜欢这游戏，后来忽然又觉得没意思了。我们过去说过，他对游戏总是这样。你看彼得无所事事地坐在小凳上，那样子才好笑呢！对于他来说，坐着不动本来是一件非常滑稽的事，他却要显示出非常严肃的神气。后来彼得制造借口说，为了健康他要出去散步。过不了几天，这"散步"便成为他新的探险活动的奇闻了。约翰和迈克尔对此不满，但也要装出高兴的样子，否则彼得会严厉地训斥他们。

彼得常常单独外出，回来的时候，谁也不能断定他是否遇到过什么冒险的事。有时候，他干了冒险的事却忘得一干二净。回来一字不提，而当你走出门去的时候，很可能意外地发现门外躺着一具尸体。有时候他回来讲了很多很多冒险的事，而你又找不到什么尸体。有时候他回到家来，头上裹着绷带，文蒂就走过去照顾他，用温水给他洗伤口，他便讲一段惊人的历险故事。但是你们知道，文蒂并不敢完全相信他的话。有许多历险故事可以认为是千真万确的，因为文蒂自己也参加了；还有一些历险故事叫人半信半疑，因为只有个别的孩子说他们参加了。所有这些历险故事，一件件详细地记述下来，可以写成一部《英文—拉丁文、拉丁文—英文双解词典》那样厚的书。这里我们只能举一个例子，看看永无岛上随便一个小时是怎样度过的。可是难就难在选哪一段。我们讲他们在山谷里与红人打仗的故事好不好？这是一个流血的事件，特别有趣。因为从这件事我们可看出彼得作战的特点。在战斗中，他能够忽然变成敌人一方。山谷里的战斗正激烈进行中，彼得忽然大叫一声："我今天是红人了！你是什么，图图斯？"图图斯回答："红人！你是什么，双胞胎？"以此类推，他们全都是红人。而真正的红人，被彼得的战术所迷惑，不得不暂时扮作孩子，但是阵脚已经乱了。战斗继续进行，彼得他们越打越勇猛。

这次山谷战斗不寻常的结果是——啊，对了，我们还没有决定要不要讲这段故事呢。红人夜袭地下之家那段故事恐怕更有趣些，在那紧急的时刻，孩子们像软木塞一样，一个个从树洞里拔身而出。或者我们可以讲彼得在美人鱼的环礁湖上救虎莲公主的故事，那一次，他们结成了好朋友。

或者，也可以讲讲海盗毒杀孩子们的故事。你们还记得胡克做的毒蛋糕吧。海盗几次把毒蛋糕放在巧妙的地方，孩子们几次差点儿吃掉毒蛋糕，文蒂总是在最危险的时刻把蛋糕从孩子们手中夺走。后来这块毒蛋糕渐渐干了，变得像石头一样硬。胡克就是在黑暗中被孩子们用这蛋糕打倒的。

或者，也可以讲讲彼得与永无鸟的故事。鸟儿在环礁湖边的一棵树上筑巢，鸟巢落到湖水里去了，而鸟儿还站在鸟蛋上。彼得下令任何人不得惊扰它。这段故事很美，结果还可以看到鸟如何报答彼得的恩情。不过要讲这一段故事，便不能不涉及环礁湖的整个故事，这样就等于讲两段故事了。还有一段故事比较短，但也同样惊险，那就是丁卡·贝尔在几个过路仙女的帮助下，把睡着的文蒂放在一片大树叶子上，想让她漂到大陆上去。后来这大树叶子破了，文蒂醒了，她还以为是在游泳呢，就自己游回了永无岛。再不然，也可以讲讲彼得大战群狮的故事，他用箭头在地上围着自己画了一个圈儿，挑逗狮子向他进攻。文蒂和别的孩子都趴在树上吓得不敢出气，可等了几个钟头，也没有一个狮子敢靠近彼得。

这么多的故事我们选哪一段呢？最好的办法是掷一枚硬币，看看正反面再决定。

我已经掷过了，结果是环礁湖的故事中选。我们心里不免有些舍不得山谷里的战斗、毒蛋糕的故事，还有丁卡的大树叶子。当然我们可以再重新掷一次，或者连掷三次，三局两胜。但是最公平的办法，还是按第一次的结果，就讲环礁湖的故事吧。

第八章

美人鱼的环礁湖

假如你闭起眼睛，碰上好运气，你可以看见在黑暗中悬着迷迷茫茫的一片湖水；假如你把眼睛闭紧一点，湖水的轮廓就会渐渐变清楚，颜色也会变得鲜明；假如你把眼睛再闭紧一点，眼前就会出现一片火红。在火红出现之前的一刹那，你可看见美人鱼住的环礁湖。那是环形的珊瑚礁在海面上围起来的一个小湖。在大陆上，要想看见环礁湖，就只那么一刹那的工夫。如果能有两个一刹那的工夫就好了，那你或许还可以看见环礁湖的浪花，听见美人鱼的歌声呢！

夏日天长，彼得和孩子们常常在环礁湖上玩

耍。多半时间是在湖上游泳，和美人鱼在水里嬉戏。你们可不要以为美人鱼和他们有交情，不，文蒂在岛上住了那么久，从来没听到美人鱼的一句客气话。文蒂后来一直为这件事感到遗憾。每当文蒂轻轻走到湖边的时候，就可以看见成群结队的美人鱼。她们坐在湖心的礁石上晒太阳，懒洋洋地梳着头发，使文蒂看了心里急得发痒。文蒂悄悄朝她们游去，还没等游到跟前，她们就一个个钻到水里了，有时还故意用尾巴激起水花，溅文蒂一头一脸的。

美人鱼对所有的孩子都是这样，当然彼得除外。彼得常常坐在礁石上和她们聊天，有时她们丝毫不觉害臊地让彼得骑在她们尾巴上玩。后来，彼得拿了美人鱼的一把梳子送给文蒂。

看美人鱼最好是在月亮出来之后。那时候，美人鱼会发出奇怪的叫声。但是晚上去环礁湖是很危险的。除了我们要讲的这个晚上以外，文蒂从来没有见过月光下的环礁湖。倒不是因为她害怕危险，因为彼得不用说会陪她去的，而是因为晚上离不开，每到七点钟就要打发孩子们一个个地上床睡觉。雨过天晴的时候，文蒂常到环礁湖上去玩，看美人鱼跑出来吹泡泡。她们把湖水吹成五颜六色的水泡当球玩，像踢足球一样用尾巴拍来拍去。她们把天上的彩虹当做球门，看谁能在水泡破裂之前把它拍到彩虹里去。她们也像孩子们赛足球一样，只有守门员才准许用手。有时，几乎所有的美人鱼来吹泡泡，环礁湖上同时进行着几场这样的"足球赛"，那该是多么好看呀！

但是如果文蒂他们一想加入，美人鱼立刻就散去了。孩子们只好自己玩。不过美人鱼有时也偷偷地看他们玩，从中学点技术。约翰发明了一种用头顶泡泡的新方法，后来美人鱼很快就学会了。这就是约翰在永无岛上留下的唯一的成绩。

孩子们每天午饭后在礁石上休息半个钟头。文蒂要他们坚持这样做，虽然有时是假装的一顿午饭，也要当做真的来休息。孩子们都在太阳光下躺着，文蒂站在他们身边，露出满意的神情。

这一天，孩子们都来到礁石上。这礁石并不见得比他们的床大，但是他们都习惯了挤在一起。孩子们都在睡午觉，有些是闭着眼睛装睡。文蒂则忙着做针线。孩子们趁她不注意的时候，偷偷地你捅我一下，我捅你一下。

就在这时候，环礁湖上出事了。先是水面上一阵抖动，接着太阳不见了，一个巨大的阴影随即笼罩着水面，湖水立刻变冷了。文蒂连穿针都看不见了，抬头一看，平时明媚可爱的环礁湖变得狰狞可怕。

文蒂明白这并不是黑夜来临，一定是像黑夜一样危险的东西。不，它比黑夜还可怕！没来之前，湖水先抖动一番，这是什么东西呢？

文蒂忽然想起许多关于这块礁石的故事。传说有些凶恶的船长，他们曾把水手扔到这礁石上。涨潮的时候海水把礁石吞没，水手们也都淹死在这里。后来人们称这礁石为"流囚岩"。

文蒂这时当然应该把孩子们叫醒，因为当时已是危险临头；即使没有危险，在寒冷的岩石上继续睡下去对身体也有害无益。可文蒂到底是一个年轻的妈妈，她竟不懂得这点道理。她只知道午饭后半小时的休息必须严格遵守。所以她虽然很害怕，希望男孩子们为她壮胆，但并没有叫醒他们。等到文蒂听见船桨的声音，吓得心都快跳到嗓子眼时，她还是没叫醒孩子们。文蒂站在旁边，要让他们睡足半小时。你们看，文蒂还不算勇敢吗？

幸亏彼得能在睡梦中用鼻子嗅出危险。他像狗一样机灵，立刻跳起来大喊一声，把孩子们都惊醒了。

彼得站在那里，一只手放在耳后，细细地听了一阵。

"海盗！"他喊道。大家都紧紧围在他身边。彼得脸上露出奇怪的笑容，文蒂看了，不禁战栗起来。彼得脸上露出那种笑容的时候，没有人敢和他说话。大家都站在那里等候彼得的命令。

"钻下水！"

许多条大腿一闪，环礁湖上转眼间一个人影也没了。"流囚岩"孤独地屹立在汹涌的波涛中，仿佛一个被抛弃的海囚。

船渐渐驶近了。果然是海盗的小艇。上面有三个人，斯米和斯塔奇，还有一个俘虏——虎莲公主。虎莲公主的手和脚都被捆起来了，她将被扔到"流囚岩"上去等死，这种刑法在她们种族看起来，比严刑拷打或用火烧死还可怕。因为她们种族的经典上明明写着：水上没有通往天堂的路。但是她脸不变色心不慌，她是酋长的女儿，死，也要死得像个英雄！

海盗捉住虎莲公主把她拖上船的时候，她嘴里还衔着一把刀呢！船上并没有人专门看守。胡克自吹说，凭他的名声，可以在一海里之外保护自己的船只。其实，在那海风呼啸的黑夜里，说不定哪一股旋风再向前多吹一步，整个船就会触礁完蛋。

两个海盗在黑暗中根本看不见礁石，直到船头轻轻地撞上去才发觉。

"嘿！斯塔奇，你这笨蛋！"一听这爱尔兰口音便知道是斯米在说话，"这不是一块礁石吗?！我们把这红人扔上去，让她死在这儿算了！"

把这样一位美丽的虎莲公主扔到岩石上，实在是一件残忍的事。可虎莲公主自尊心很强，她一点也不喊叫、抵抗。

离礁石很近的地方，有两个脑袋在水中忽隐忽现，那是彼得和文蒂。黑暗中，海盗没发觉他们。文蒂第一次看见这种残忍的事情，难过地哭了。彼得虽然见过许多这类事情，但全都忘了。对于虎莲公主的遭遇，彼得并不像文蒂那样同情；使他气愤的是，两个人害一个人太不公平，所以决定要救虎莲公主。按说，要救虎莲公主，最容易的办法是等着。等海盗走了之后，就可轻而易举地把虎莲公主救走。但是彼得从来不喜欢用最容易的方法。

世界上仿佛没有彼得不会干的事。这时，他模仿起胡克的声音来。

"啊嗬！你们这些蠢货！"彼得喊着，学得真像。

"是船长！"两个海盗异口同声地说，彼此你看看我，我看看你。

"船长一定是向我们这里游来了。"斯塔奇说，但他怎么也看不见胡克。

"我们正要把红人扔到礁石上去呢，船长！"斯米喊着。

"放了她吧！""船长"答道。

"放了？"

"对，割断她身上的绳子，放她走！"

"但是，船长——"

"立刻放了！听见没有！"彼得喊着，"否则我用铁钩子手挖出你们的心肝！"

"这真是怪事！"斯米喘息着说。

"还是按照船长的吩咐去做吧。"斯塔奇战栗着说。

"是，是。"斯米说着，把虎莲公主身上的绳子割断了。虎莲公主像一条鳝鱼一样，立刻从斯塔奇两腿中间溜走了。

文蒂见彼得这么能干，自然很高兴。她怕彼得乐得笑出声露了马脚，就急忙伸手去捂彼得的嘴。就在这时，湖上传来一声："啊嗬！小船！"是胡克的声音。这一次可不是彼得模仿的。

彼得也许正要放声欢笑，这时却变成了一声惊叫。

"啊嗬！小船！"湖上又叫了一声。

现在文蒂明白了：真正的胡克来了。

胡克向着小船游去，船上的海盗用灯光给他照明。他很快就游过了小船。灯光下，文蒂看见胡克的铁钩子手钩住了船帮，看见他湿淋淋地从水里爬出来。胡克的脸又黑又凶，吓得文蒂直想赶快逃走。可彼得不肯后退，他总是拿生命当儿戏。"你看，我能模仿任何人的声音，啊，我真行！"彼得低声向文蒂夸耀。文蒂虽然很同意他的话，可为了安全起见，但愿这话只有她一人听见。

彼得向她做了个手势，叫她注意听船上的动静。

两个海盗很想知道船长是为什么而来的。但是胡克坐在那里，用铁钩子手支着脑袋，露出非常沉闷的神情。

"船长，没出什么事吧？"两个海盗陪着他，小心问道。但是船长只是唉声叹气。

"到底什么事，船长？"

胡克愤愤地说话了：

"唉！我们的计划失败了，"他喊道，"那些孩子们已经找到了一个妈妈，他们不会吃毒蛋糕了。"

这时文蒂虽然有点害怕，但心里充满了骄傲。

"啊，这怎么办？"斯塔奇叫起来。

"什么叫做妈妈？"斯米天真地问。

文蒂听了很惊奇，不禁失声叫出来："他竟然不知道什么是妈妈！"此后文蒂常想，要是能收养一个小海盗的话，她一定会收养斯米。

文蒂这一出声不要紧，胡克警觉地喊道："什么人？"彼得立刻把文蒂扯到水下去了。

"我没听见什么声音呀！"斯塔奇说着，提起灯来向水上照。他们看见了一个奇怪的东西，就是我们讲过的那个鸟巢，仍然浮在湖面上，永无鸟就站在巢上。

"你看，"胡克对斯米说，"那永无鸟就是一个妈妈。多么好的一个妈妈呀！那鸟巢落在水里，可妈妈舍得放弃它的孩子吗？不！"

胡克忽然停住了，好像猛然间想起他从前那纯洁的时代——但他立刻用铁钩子手挥去那一丝温情。

斯米听了很受感动，两眼望着永无鸟和鸟巢漂去。但是多疑的斯塔奇却说："假如那永无鸟就是一个妈妈，她在这附近漂来漂去会不会是为了帮助彼得呢？"胡克心中一震。"对了，"他说，"我怕的就是这个。"

斯米一句话，使胡克从烦闷中清醒过来。

"船长，"斯米说，"我们为什么不能把孩子们的妈妈抢来做我们的妈妈呢？"

"这个计划好极了！"胡克叫道，他立刻下定了决心，"我们要把那些孩子都抓到船上来，让男孩子蒙上眼睛一个个沿跳板①，掉在大海里淹死，文蒂就可以做我们的妈妈了。"

---

① 让俘虏蒙上眼睛，在伸出船舷外的跳板上行走。

文蒂听到这里，竟忘了自己所处的环境。

"不行！"她叫着跳了起来。

"什么声音？"海盗们吃惊地说。

他们搜寻了半天，什么也没看见，以为一定是风吹树叶的响声。胡克接着问大家："伙计们，抢文蒂做妈妈的计划，你们赞成不赞成？"

"我举手。"两个海盗同声说。

"我举钩子。我们宣誓！"

海盗们宣誓完毕，来到了礁石上，胡克忽然想起了虎莲公主。

"红人在哪里？"他突然问道。

海盗们知道胡克有时喜欢开玩笑，以为这一次他一定是在开玩笑呢。

"您放心吧，船长，"斯米高兴地说，"我们早就把她放了。"

"放了？"胡克大声吼道。

"是您命令放的呀！"斯米颤抖着说。

"是啊，您刚才从海上喊我们，叫立刻把她放了。"斯塔奇也跟着说。

"气死人了！"胡克暴跳如雷，"谁搞的鬼！"他气得脸色发黑。但是看看伙计们态度都很诚恳，他不禁诧异起来。"伙计们，"他颤抖着说，"我没有下过这样的命令呀！"

"这可怪了！"斯米说，他们都惊慌失措起来。胡克提高了嗓音，但声音在发抖。

"湖上的鬼神呀，"他喊着，"你们可曾听见我下过那样的命令吗？"

当然，这时候彼得不应该作声的，但是他怎能忍得住呢？他立刻模仿胡克的声音答道：

"我听见了！"

这时胡克并没有怎么害怕，而斯米和斯塔奇早已吓得缩成一团。

"你是什么人？"胡克问。

"我是詹姆斯·胡克，"那声音回答说，"海盗船的船长。"

"你不是！你不是！"胡克疯狂地吼叫着。

"可恶的东西！"那声音回答，"再叫嚷，看我不在你身上抛锚！"

胡克只得改变了态度，几乎是可怜地说："假如你是胡克，那么请你告诉我，我是谁？"

"一条鳕鱼！"那声音回答，"一条可恶的鳕鱼！"

"一条鳕鱼？"胡克一阵战栗，他的自尊心再也受不了了。他瞧见两个伙计正开始离他而去。

"原来我们一向尊敬的船长是一条鳕鱼！"伙计们低声议论着，"真丢脸！"

胡克的伙计们都是会反咬主人一口的恶狗。胡克虽然感到非常难堪，却没有跟他的伙计们计较。他想，要证明自己是真正的胡克而不是鳕鱼，现在需要的不光是伙计们的信任，而首先是自己要相信自己。他觉得好像自己的灵魂也要离开他的身体而去了。他嘶哑着嗓子低声呼唤着："不要抛弃我呀！"

别看胡克那样凶残，他也有胆怯的时候。所有的大海盗都是这样。

忽然，他想试着猜一下对方是什么人。

"胡克，"他问，"你会用另一种声音说话吗？"

彼得对这种游戏特别感兴趣，便高兴地用自己的声音回答说："当然会。"

"你还有另一个名字吗？"

"有。"

"你叫青菜？"胡克问。

"不对。"

"石头？"

"不对。"

"你是动物？"

"是的。"

"人？"

"不是。"彼得的回答带着傲慢的腔调。

"你是孩子？"

"是的。"

"普通的孩子?"

"不对。"

"奇异的孩子?"

使文蒂担心的是,这次他回答了"是的"。

"你住在英国吗?"

"是的。"

胡克越听越糊涂,他擦着满脸的汗对伙计们说:"你们问他几个问题试试。"

斯米想了一阵,抱歉地说:"我想不出来。"

"猜不着了!猜不着了!"彼得叫起来,"你们认输了吧!"

彼得的骄傲,使他把游戏做得太过分了。海盗们也看出时机已到,都纷纷说:"我们输了。"

"那么,我告诉你们吧。"彼得叫着,"我是彼得·潘!"

"彼得·潘!"

胡克立刻现出凶恶的原形,斯米和斯塔奇立刻又成为他的忠实干将。

"我们可找到彼得了!"胡克喊道,"斯米,下水!斯塔奇,你看着船!今天死活也要把彼得抓住!"

胡克一面说着,一面跳下水去。这时,彼得也快乐地喊起来:

"孩子们,准备好了没有?"

"准备好了!"湖面上四面八方纷纷响应。

"现在,向海盗进攻!"

战斗很短促,但是很激烈。头一个杀伤敌人的是约翰。他勇猛地爬上船,抓住了斯塔奇。激战之中,斯塔奇手中的弯刀被打落了,他滚到了水里。约翰也跟着跳下去。小船便自己漂走了。

湖面上,这里那里不时地钻出一个脑袋来,刀光一闪,接着是一声惨叫,或一阵呐喊。混战之中,有时也难免自己人打了自己人。斯米的"约翰钻"砍中了图图斯的第四根肋骨,但斯米本人也被小拳毛刺伤了。离礁石较远的地方,斯塔奇带着约翰的刀伤,紧紧地追赶着斯莱特利和双胞胎。

此时此刻,彼得在哪里呢?他正在寻找自己的对手。

孩子们都非常勇敢,但他们毕竟不是胡克的对手。胡克的铁钩子手抡起来,搅得他身边的水翻着血浪。孩子们看见胡克,吓得像受惊的鱼儿一般纷纷逃走。

只有彼得不怕胡克,只有彼得敢靠近他。

奇怪的是,彼得在水里并没有找到胡克。等到胡克想爬上一块礁石喘口气的时候,彼得却从礁石的另一面爬了上来。礁石很滑,两个人只得匍匐上爬。可谁也没发觉对方。快爬到顶的时候,双方的胳膊忽然碰到了一起。两个人吃惊地抬起头来,几乎是鼻子蹭着鼻子了。就这样,彼得和胡克相遇了。

就连最勇敢的孩子,在交战之前心里恐怕也不免有点胆怯。

假如彼得在遇到胡克的一刹那间有那么一丁点儿胆怯，我们是没有必要为他掩盖的，因为他的对手实在太厉害了。但是彼得不但一点儿也不怕，而且觉得高兴，乐得露出一排好看的小白牙。还没等胡克弄明白是怎么回事，彼得已经把胡克皮带上的腰刀抢了过来。彼得正要狠狠地刺进胡克的胸膛，忽然发现自己在礁石上站的位置比敌手高一些，觉得这样交战对敌手有点不公平，便伸出一只手想把胡克拉上来一点再战。

不料胡克趁势抓了他一把。

彼得惊呆了。不是因为疼痛，而是因为太不公平。每个孩子第一次遇到不公平的事，都会这样。当一个孩子和你友好的时候，他总觉得他有权享受一切公平的待遇。你如果有一次对他不公平，他可能以后还会爱你。但他永远不会是原来的样子了，谁也忘不了第一次受到的不公平待遇，只有彼得是个例外，彼得常常遇到不公平的事，但他总是忘记。我想这大概就是他和别人真正不同的地方。

所以这回彼得遇到如此不公平的事，仍然像第一次遇到一样，惊呆了。一怔之间，铁钩子手连续抓了他两下——彼得受伤了。

没过多久，孩子们却看见胡克拼命向船边游去。他那凶恶的脸上再也没有得意的神色，而是吓得面色惨白。原来是那条鳄鱼紧紧追了过来。如果是在平时，孩子们一定会高兴地在一旁欢呼；但是现在他们心里很不安，因为彼得和文蒂不见了。他们在湖里到处寻找，后来又到海盗船上搜寻了半天，还是没找到。他们到处呼唤着彼得和文蒂的名字，但是没人答应。只听见美人鱼在一旁嬉笑着模仿他们。孩子们并不怎么着急，他们很信得过彼得。"他们一定是游回去了，或者飞回去了。"孩子肯定地说。于是大家又咯咯地笑起来，说今天不能够按时上床睡觉了，都是文蒂妈妈的不对。

彼得文蒂身子挨着身子躺在礁石上。一个美人鱼看见了，抓住文蒂的一只脚，轻轻把她往水里拖。彼得感觉到文蒂在往下滑，猛然惊醒了，赶快又把文蒂拖上来。这时，他不得不把他们的处境告诉文蒂。

"我们现在躺在一块礁石上呢，文蒂，"他说，"但是不一会儿海水就要把这礁石淹没。"

文蒂并没有听懂他的意思。

"我们该回去了。"文蒂好像很清醒似的说。

"是的。"彼得无精打采地回答。

"我们游回去还是飞回去，彼得？"

彼得只好问她说：

"文蒂，没有我的帮助，你自己可以游回或者飞回永无岛去吗？"

文蒂承认她太累了，自己回不去。

这时只听彼得呻吟了一声。

"你怎么了?"文蒂急忙问。

"我帮不了你了,文蒂。胡克把我抓伤了,我不能飞,也不能游泳。"

"你是说,我们俩都要淹死在这儿吗?"

"你看看水涨到哪儿了。"

他们俩用手捂住眼睛,不敢看那飞涨的海水。他们坐在那儿,心想这下子没命了。这时,忽然有个什么东西蹭了彼得一下,像一个吻一样轻。那东西就停在彼得的脸旁,仿佛羞怯地说:"我可以帮忙吗?"

原来是一个风筝的尾巴蹭了彼得的脸。这风筝是迈克尔几天前做的,有一次断了线,就飘走了。

"迈克尔的风筝。"彼得说。他猛地捉住了风筝的尾巴,把风筝扯了过来。

"这风筝能把迈克尔从地上带起来呢!"彼得对文蒂说,"为什么不能把你带走呢?"

"要带,带我们两个!"

"我带不动两个孩子,"风筝说,"迈克尔和小拳毛试过的。"

"那么我们俩抽签!"文蒂勇敢地说。

"不,你是女的,你先走。"彼得说着,把风筝尾巴系在文蒂身上。文蒂死死抱住彼得,不肯一个人走。彼得说了声"文蒂,再见!"就一把把她推了出去。几分钟的工夫,文蒂已经飘得无影无踪了。海上只剩下彼得一个人。

礁石露出水面的地方越来越小，不一会儿就要淹没了。灰白的月光偷偷地从水面上射了过来，不久就要听见美人鱼的叫声了。她们常用一种最凄凉而又最富有音乐性的声音呼唤着月亮。

彼得虽然不同于一般的孩子，但这时也有点害怕了。他浑身一抖，好像海面上一层波浪掠过。不过海面上的波浪是一个接着一个的，一个波动可以引起成千上万道波纹。而彼得心中只是一抖，随即他便站起来，直立在礁石上，脸上露出欣喜的笑容，好像在说："死，是最伟大的探险。"

第九章

永无鸟

彼得在湖上听到的最后一个声音，是丁零零的响声。那是美人鱼回到家里的声音。彼得离美人鱼的家太远，听不见美人鱼关门的声音，但是美人鱼住的珊瑚洞上的门，也像陆地上的房门一样，上面挂着一个小铃铛，开门关门的时候总要丁零零地响。彼得听见的就是这铃声。

湖水不停地上涨，涨到彼得的脚下了。彼得望着茫茫的湖水，发现湖上漂着一样东西。他想一定是什么纸片，也许是风筝上掉下来的。他下意识地估计着那东西漂过来要用多长时间。

彼得忽然发现，那东西是逆着波浪有意向他

漂来的。尽管十分艰难，还是战胜了重重波涛，越漂越近。彼得总是同情弱者，他看见那小东西竟战胜了汹涌的波涛，高兴得忍不住鼓起掌来：好勇敢的一张纸片！

那实际上不是一张纸片，而是永无鸟。它站在落水的鸟巢上，拼命地游过来救彼得。自从鸟巢落水之后，永无鸟学会了鼓动起翅膀当风帆，在水上慢慢地航行。不过彼得认出是永无鸟的时候，它已经累得快不能动了。永无鸟是来救彼得的。它要把鸟巢让给彼得，尽管巢里有鸟蛋它也毫不吝惜。彼得平时对永无鸟还不错，不过有时也免不了跟它捣乱。我想这永无鸟大概也像达林夫人一样慈爱，看着彼得还是个乳臭未干的孩子，心里不忍。

永无鸟呼喊着彼得，告诉他脱险的方法；彼得呼喊着永无鸟，问它漂在水里干什么。当然，他们谁也不懂对方的话。如果是在神话故事里，人是可以随便和鸟儿谈话的。我真愿意按照神话故事去讲，好让彼得和永无鸟随便地交谈。但是现在不行，我得按照实际情况去讲。彼得和永无鸟不但语言不通，而且双方着急起来，连讲礼貌都忘了。

"我——要——你——到——鸟——巢——里——来——"永无鸟尽力叫得又慢又清楚，"你——可——以——漂——上——岸——去。我——太——累——了，不——能——再——向——前——走——了，你——游——过——来——吧！"

"你叫什么呀？"彼得回答说，"你为什么不顺着风漂？"

"我——要——你——"永无鸟又从头说了一遍。

彼得又清楚地慢慢问道：

"你——说的——是——什——么——呀？"

永无鸟有点生气了，它的脾气很暴躁。

"你这个小傻瓜，"永无鸟大声叫道，"你为什么不过来？"

彼得觉出永无鸟仿佛是在骂他，也生气地喊起来：

"骂你自己！"

接着，双方同时对骂起来：

"你住嘴！"

"你住嘴！"

但是，这永无鸟决心要救彼得，所以用尽最后的力气，终于把鸟巢划到了礁石旁。永无鸟为了让彼得明白它的意思，放上鸟巢和鸟蛋，自己飞上天去了。

彼得终于明白了。他拉住鸟巢，并向飞去的永无鸟招手致谢。永无鸟在天上徘徊着不忍离去，不是为了接受彼得的好意，也不是为了看彼得如何爬上鸟巢，而是要看看彼得会怎样处置它的鸟蛋。

鸟巢里有两只白白的大鸟蛋。彼得拿了起来，心里盘算了一阵。永无鸟吓得用翅膀捂住了脸，但还是忍不住从翅膀缝里向下偷看。

我忘了告诉你们，礁石上有一根市棍子，是过去海盗们插在那儿的，曾把它当做藏金银财宝的记号。后来孩子们发现了那个地方，有时淘起气来就把金币、钻石、珍珠等撒向海鸥。海鸥当做好吃的东西来啄，发觉受了骗，便又气愤地飞走了。现在市棍子仍然插在那儿，斯塔奇把他的帽子挂在上头了。那是一顶宽边不透水的油布帽，彼得把鸟蛋放在帽子里，把帽子放在水上，漂起来好看极了！

这一切永无鸟都看在眼里，高兴地大声叫着向彼得表示感谢；彼得也高兴地叫着向永无鸟告别。彼得跨上鸟巢，把市棍竖起来当桅杆，把自己的衬衫挂起来当风帆。这时，永无鸟也落在帽子上，舒舒服服地坐在鸟蛋上。彼得和永无鸟一个向东，一个向西，高高兴兴地分手而去。

彼得上岸之后，当然把鸟巢放在一个永无鸟容易找到的地方。但是你们知道，那油布帽要比鸟巢舒服得多；所以永无鸟竟放弃了原来的鸟巢。那鸟巢在水上到处漂，慢慢就被波浪撞碎了。后来，斯塔奇在湖岸上常常看见永无鸟落在他的帽子上，心里非常气愤。打那以后，所有的永无鸟都把巢筑成帽子状，周围有一道宽宽的边儿，雏鸟可以在上面散步、玩耍。

彼得回到地下之家的时候，文蒂也刚刚被风筝东飘西飘地带到家。大家见他们俩回来都很高兴。当然，这天晚上每个孩子都有一段惊险的故事讲给大家听，他们晚睡了好几个钟头也不觉得困。孩子们激动的时候总是不愿意睡觉。文蒂给他们包扎伤口的时候，他们故意躲躲闪闪地拖延时间，好再晚睡一会儿。文蒂看到大家都安全到家，虽然心里很高兴，可她觉得时间已不早了，着急得直叫喊："快上床！快上床！"孩子们只得服从。第二天，文蒂又变得非常温和了。她给孩子们细心地缠好绷带，孩子们跛着脚，吊着胳膊，一直玩到天黑。

第十章

快乐的家庭

这次湖上交锋，孩子们最重要的收获就是与红人结成了朋友。彼得救了虎莲一命，所以虎莲和她的部下大事小事都乐于来帮忙。红人们整夜地守护在孩子们家门口，防备着海盗的侵袭。就是在白天，他们也抽着烟在那儿巡逻，看上去好像是等待着什么好吃的东西。

红人们常常跪在彼得的面前，称他为伟大的父亲。彼得很喜欢别人这样吹捧他。而实际上对他并没有什么好处。

每当红人们伏在彼得脚下的时候，他便威严地说："伟大的父亲很喜欢你们，有你们来保护他的地下之家，他非常高兴。"

"我虎莲是讲义气的，"虎莲公主回答说，"彼得·潘救了我，我要永远做他的好朋友，我决不让海盗来伤害他！"

这在虎莲一方，也许是出于礼貌，而在彼得一方，却以为这是立得的报答。在这种场合，彼得往往是随口答道："很好很好，彼得·潘说了。"

每次他说"彼得·潘说了"，那意思就是叫对方闭嘴。红人们听了也就不再作声。可是红人对于其他的孩子可没有这样恭敬，只不过把他们当做普通的孩子。红人见了其他孩子，只是说"你好吗？"一类应酬的话。更使孩子们不满的是，在彼得看来似乎一切都是理所当然的。

文蒂暗地里有点同情孩子们。但她是一个极忠诚的妈妈，绝不肯听任孩子们对父亲发怨言。"父亲不会错的。"不管文蒂心里怎样想，她总是这样劝阻孩子们。而使文蒂非常不满意的是，红人都称她老太婆。

现在让我们来看一看孩子们的夜生活吧，这比白天热闹多了。白天什么事也没有，静悄悄的，好像是在积蓄力量。到了晚上，红人们裹着毯子在上面站岗，孩子们在地下吃晚饭。这天晚上彼得不在家，他出去打听时间去了。在这永无岛上，要知道时间就得先去找那条鳄鱼，然后在旁边等着听它肚子里的时钟打点。

这天的晚餐是一顿假设的茶点。孩子们围着一张空桌子坐下大吃大喝。他们谈话争吵的声音很大，简直要把文蒂的耳朵震聋了。文蒂并不十分怕喧闹，她讨厌的是，有些孩子自己抢了东西，还要告别人碰了他的胳膊肘。在吃饭的时候他们有一条规定，骂不还口，打不还手，必须恭恭敬敬地举起右手向文蒂报告。但事实上他们不是忘了举手报告，就是互相告状，没完没了。

"不许吵！"文蒂喊着，她已经警告孩子们二十多次了，不许大家同时讲话。"你杯子里的牛奶喝完了吗，亲爱的斯莱特利?"文蒂问道。

"还有一点儿，妈妈。"斯莱特利看了看想象中的杯子说。

"他连一口牛奶都没喝呢！"尼布斯插嘴说。

显然是告状。斯莱特利也不放过对方。"我告尼布斯！"他没举手就喊起来。

但是约翰先举起手来。

"怎么了，约翰?"文蒂问他。

"彼得没在家，我可不可以坐他的椅子?"

"坐父亲的椅子?"文蒂觉得这是不尊重父亲，"当然不行！"

"他并不是我们真正的父亲，"约翰说，"他根本不知道怎样做父亲，还是我教他的呢！"

显然是对父亲发怨言了。"我们告约翰！"一对双胞胎同时说。

图图斯举起了手，他是孩子们当中最老实的一个，所以文蒂对他特别温和。

"我认为我是不能当父亲的。"图图斯说。

"是的，图图斯。"

图图斯不常讲话，可一讲起来便笨嘴笨舌地讲个没完。

"我既不能做父亲，"他沉重地说，"我想迈克尔也不会答应我替他当婴儿。"

"不，我不答应！"迈克尔急忙说，他已经躺在摇篮里了。

"我既然不能当婴儿，"图图斯转向双胞胎，愈说愈沉重，"你想我能当一个双胞胎吗？"

"当然不能，"双胞胎回答说，"做双胞胎是很难的。"

"我既然什么也不能当，"图图斯说，"你们愿不愿意看我变一个戏法？"

"不看，不看！"大家回答。

"唉！我真的一点希望也没有了。"图图斯只得住口了。

接着，又是讨厌的互相告发。

"妈妈，斯莱特利对着桌子咳嗽！"

"妈妈，双胞胎先吃牛油饼了！"

"小拳毛杯子里放了奶油又放蜂蜜！"

"尼布斯嘴里含着饭还说话！"

"我告双胞胎！"

"我告尼布斯！"

"啊，我的小乖乖，"文蒂喊了起来，"早知做妈妈这么难，我宁愿一个孩子也不要。"

文蒂让他们收拾餐桌，自己坐下来拿起针线笸箩。满笸箩都是穿旧了的长筒袜，每只袜子膝盖处都磨了一个洞。

"文蒂，"迈克尔忽然抗议说，"我长大了，不能睡摇篮了。"

"总得有一个人睡在摇篮里，"文蒂严肃地说，"你是最小的一个，你不睡摇篮谁睡?! 一个家庭如果摇篮里没有婴儿，那还像什么家庭?"

文蒂做针线的时候，孩子们就围着她玩耍。壁炉的火光照着他们兴奋的脸庞，全家充满了欢乐。这样的景象在地下之家是常见的，但是我们现在看见的是最后一次了。

上面响起脚步声，文蒂第一个听出来了。

"孩子们，是父亲的脚步声。他总喜欢你们到门口去迎接他。"

上面，红人正在向彼得鞠躬。

"好好看守着，勇士们。"彼得说。

孩子们把彼得从他的树洞里拉进来。这样的事在地下之家最常见的，但是我们现在看见的也是最后一次了。

彼得给孩子们带来了核桃，给文蒂带来了准确的时间。

"彼得，都是你把孩子们惯坏了。"文蒂看见孩子们抢核桃吃，笑着说。

"是，老太婆。"彼得说着挂起了他的枪。

迈克尔小声对小拳毛说："还是我告诉彼得的呢，父亲要称母亲'老太婆'。"

"报告，迈克尔诬蔑父亲。"小拳毛立刻喊起来。

双胞胎中的第一个走到彼得跟前说："爸爸，我们要跳舞。"

"跳去吧，我的宝贝儿。"彼得兴致很高地说。

"我们要跟爸爸一起跳。"

彼得本来是最喜欢跳舞的，但现在却装出被孩子们取笑的样子说："我？你没见我这把老骨头都快散架了！"

"妈妈也要跳！"

"什么什么？"文蒂喊起来，"有这么多孩子的妈妈，还能跳舞？"

"跳一个吧，今天是星期六。"斯莱特利央求说。这一天并不是星期六。也许是的，我也说不清。因为孩子们早就忘了日期。但是每逢他们想痛痛快快玩一阵的时候，他们就说是星期六，这样他们就可以玩个痛快。

"对了，今天是星期六，彼得。"文蒂说，她真有点想跳舞了。

"像我们这么大年纪的人还能跳舞，文蒂？"

"没关系，反正只有我们自己的孩子，没外人。"

"这话倒是不错。"

于是彼得宣布可以跳舞，要大家先去换晚礼服。

"啊，老太婆，"彼得走到文蒂跟前，看着她坐在那里补袜子，小声对她说，"你我二人每天干完活之后，最愉快的事就是和孩子们聚在一起，在壁炉前欢闹一阵。"

"是呀，这样的生活多么甜蜜！"文蒂说着悠然自得起来，"彼得，我看小拳毛的鼻子有点像你。"

"迈克尔最像你。"

文蒂走到彼得面前，把手放在他的肩上。

"亲爱的彼得，"她说，"我们有了这样一个大家庭，当然我们的青春已经过去了。但是，不知你会不会抛弃我？"

"不，文蒂。"

彼得当然不愿意这美满的生活有什么变化。但是他却不安地望着文蒂，看那样子不知道是醒着还是睡着。

"你怎么了，彼得？"

"我在想，"彼得说着，似乎有点恐慌，"我是他们的父亲，这是假设的，是不是？"

"当然是的。"文蒂正经地说。

"你看，"彼得继续说，"我如果真是他们的父亲，我会很老很老的。"

"但是不管怎样，他们是我们的，彼得。是你的，也是我的。"

"但这不是真的呀，文蒂！"彼得焦急地说。

"你如果不希望是真的，就不是真的了。"文蒂回答。她听到彼得在叹气，真挚地问他："彼得，你对我的感情怎么样？"

"就像一个孝顺的儿子一样，文蒂。"

"真没想到。"文蒂说着,扫兴地躲开彼得,独自坐在一个角落里。

　　"你真奇怪,"彼得诧异地说,"虎莲也和你一样,她说愿意做我的一个什么人,但又说不是要做我的母亲。"

　　"我早就看出来了!"文蒂生气地说。现在我们知道文蒂为什么忌恨红人了。

　　"那么,你们究竟要做我的什么人呢?"

　　"一个女孩子怎么好意思说出口呀!"

　　"哼,好吧,"彼得生气地说,"你不告诉我,丁卡·贝尔会告诉我的。"

　　"那当然,"文蒂没好气地说,"丁卡不知羞耻,她会告诉你的!"

　　丁卡这时候正在她的小房间里偷听,而且嘟哝着说出许多不中听的话。

　　彼得翻译说:"她说不知羞耻是光荣的。"

　　这时,彼得忽然起了一个念头,就说:"也许想做我的母亲?"

　　丁卡听了大怒地说:"你这个傻瓜!"

　　这句话丁卡说过不知多少遍了,所以不用翻译文蒂就懂了。

　　"真是个傻瓜!"文蒂生气地说。谁也没想到她会生那么大的气!她试探过彼得多少次,彼得都不理解她。她怎能不生气呢?可文蒂绝没料到,过了这一晚就要出大事了。如果她料到这一点,这天晚上她决不会发这么大的脾气。

孩子们谁也不知道要出事。也许不知道倒好，可以再无忧无虑地玩上一小时。这是他们在永无岛上的最后一个小时，让我们和他们一起欢乐吧，让他们再足足地欢乐六十分钟吧！他们穿着晚礼服边歌边舞。多么美妙的歌声呀！他们在歌声中翩翩起舞，假装着害怕自己的影子，对着自己的影子逗乐。可他们一点也不知道，这阴影不久就会给他们带来真正的恐怖！孩子们这一次跳舞跳得热闹极了，他们床上床下地互相追逐、打闹。那简直不是跳舞，而是一场枕头战。孩子们打累了，而那些枕头仿佛还不肯罢休。好像它们已经知道将要和这些小主人分离而感到恋恋不舍。

这天晚上，在文蒂讲故事之前，孩子们每人都讲了许多故事。就连最不会讲故事的斯莱特利也讲了一个。那故事的开头一点意思也没有，不但大家不爱听，就连斯莱特利自己也觉得无趣。于是，他扫兴地说："是的，这故事的开头没有什么意思，我们就把它当做结尾吧。"

随后大家都上了床，该听文蒂讲故事了。这故事是孩子们最喜欢听的，只有彼得不喜欢。平时文蒂讲这段故事的时候，彼得不是离开房间，就是用手捂住耳朵。这一次他如果还像往常一样，也许永无岛上就不会出什么事了。但是今天晚上他竟一反常态，坐在自己的椅子上听起来。我们就等着瞧吧，一定会有什么事情发生！

第十一章

文蒂的故事

"你们听着。"文蒂开始讲她的故事。这时候，迈克尔偎依在她身边，七个孩子躺在床上。

"从前，有一位先生——"

"别讲一位先生，讲一位太太吧！"小拳毛说。

"不，我想听一只白老鼠的故事。"尼布斯说。

"别插嘴！"文蒂喝住他们，"还有一位太太，并且——"

"啊，妈妈，"双胞胎中的第一个喊起来，"你说有一位太太，后来她死了吗？"

"没有。"

"太太没有死，我高兴极了！"图图斯说，"你高兴吗，约翰?"

"当然高兴。"

"你高兴吗，尼布斯?"

"高兴。"

"哎呀，我的乖乖!"文蒂叹息道。

"别吵了!"彼得大声叫道。虽然他认为文蒂的故事很无聊，但是他觉得孩子们不该捣乱，应该由文蒂好好讲下去。

"那位先生的名字，"文蒂继续说，"叫达林。那位太太呢，就叫达林夫人。"

"我认识他们!"约翰又来捣乱了。

"我大概也认识他们。"迈克尔犹豫了一下说。

"他们结婚了。"文蒂说，"你们知道他们有了什么吗?"

"白老鼠!"尼布斯灵机一动说。

"不是。"

"真难猜呀!"图图斯说，其实这故事他们都背熟了。

"不要说话了，图图斯。他们有了后代。"

"什么叫做后代?"

"你就是后代，双胞胎。"

"你听见没有，约翰，他说我是后代。"

"后代就是孩子们。"约翰解释说。

"啊，我的乖乖，不要吵了，"文蒂叹了口气接着说，"孩子们有一个忠诚的保姆，叫娜娜。有一天，达林先生生娜娜的气，把它锁在院子里，所以孩子们全都飞跑了。"

"这故事真有意思！"尼布斯说。

"孩子们飞走了，"文蒂接着讲，"飞到了永无岛上。那里有许多被丢失了的孩子。"

"啊，他们到永无岛来了！"小拳毛兴奋地插嘴说。

"啊，文蒂，"图图斯喊道，"那丢失的孩子里是不是有一个人叫图图斯？"

"不错，是的。"

"哈哈，我在故事里了！我在故事里了！"

"安静点。现在你们应该想想那不幸的父母，孩子们全飞了，他们心里该多么难过。"

"唉！"孩子们叹着气，虽然他们心里一点也不曾为父母着想。

"你们想想那些空床吧！"

"唉！"

"真不幸！"第一个双胞胎说这话时却带着快乐的神情。

"我看这故事不会有好结局，"第二个双胞胎说，"你认为怎样，尼布斯？"

"我也很担心。"

"假如你们知道母亲的爱是何等伟大，"文蒂得意地说，"你们就不必担心了。"现在，文蒂讲到了彼得最讨厌的那一部分。

"我喜欢母亲的爱，"图图斯说着，用枕头打了尼布斯一下，"你呢，尼布斯？"

"我也喜欢。"尼布斯又把枕头扔回来。

"你们知道吗？"文蒂得意地说，"我们故事中的主人公心里明白，母亲一定会永远开着窗子，等待孩子们回去。所以孩子们就安心地待在永无岛上，尽情地玩耍。"

"他们从来没有回去过吗？"

"现在，"文蒂抖起精神来说，"让我们猜想一下将来的情形吧。总有这么一天，一位不知年龄的漂亮姑娘从伦敦火车站走出来。她是谁呢？"

"是谁？是谁？"尼布斯激动地叫着，好像他真的不知道是谁。

"那不是——啊，是的，一点不错。那不是美丽的文蒂吗？"

"还有两个漂亮的小伙子陪着她。他们是谁？难道不是约翰和迈克尔吗？正是他们！"

"啊！"

"那时，美丽的文蒂姑娘指着前面的两个小伙子说：'弟弟，你们看，我们的窗户还开着呢。啊！亲爱的妈妈在等我们。'于是，他们飞到了父母的跟前。那激动人心的场面是难以用语言形容的，我们只好避而不谈了。"

故事就讲到这里。听的人和讲的人都很满意。这故事讲得倒是合乎情理，孩子们可不就是这样吗？他们可以毫无心肝地说走就走，到了外面就玩个痛快。他们需要爸爸妈妈的时候可以随时回来，而且心里很有把握，回家以后不会受到任何惩罚。爸爸妈妈搂在怀里亲还亲不够呢！

他们对于母亲的爱有着如此坚定的信念，所以他们觉得，在外面玩多长时间都没关系。

但是文蒂讲完故事之后，彼得却叹了口气。

"你怎么了，彼得？"文蒂跑过去，以为他病了，小心翼翼地抚摸着他的胸口，"哪里不舒服，彼得？"

"不是生病。"彼得伤心地回答。

"是怎么了？"

"文蒂，你对母亲的看法不对。"

彼得的话使大家大吃一惊。孩子们都惊奇地围过来，于是彼得把心里的话都告诉了大家。

"很久以前，"他说，"我也和你们一样，以为我的母亲会永远开着窗子等我。所以我在外面玩了几个月之后，又飞回去了。但是，窗子早就上了锁，母亲早就把我忘了。她又有了一个孩子，就睡在我的床上。"

我不敢说这事是不是真的，可彼得说是真的，大家听了全都惊呆了。

"你敢肯定妈妈真会那样吗？"

"是的。"

妈妈原来是这样啊，真讨厌！

不过，不管彼得说的那种事会不会发生，还是小心一点为好，该回家的时候应该早一点回家，以免发生意外。

"文蒂，我们回家吧！"约翰和迈克尔齐声说。

"好的。"文蒂说着，紧紧搂住他们。

"难道今天晚上就走？"别的孩子一听紧张起来。在他们看来，没有妈妈照样可以过得很愉快。只有当妈妈的才认为，孩子离开妈妈便不能生活。

"马上就走！"文蒂坚决地说，因为她猛然间产生了一个可怕的念头：不知道现在妈妈会难过成什么样子呢！

这可怕的念头使她把彼得的悲哀都忘了。她命令似的说："彼得，你快去做准备！"

"是。"彼得冷冰冰地回答。那神情就像你按照命令传递干果时一样死板。

彼得和文蒂连一句惜别的话都没有。如果说文蒂不留恋彼得，彼得也应该留恋文蒂呀！可他看上去一点也不在乎。

其实彼得并不是不在乎。他恨透了大人们，觉得大人总是在破坏孩子们的幸福。所以每当他钻树洞的时候，他就故意急促地呼吸，差不多每秒钟就要呼吸五次。这是因为永无岛上有一句谚语，说是孩子喘一口气，就有一个大人死去。

彼得到上面去吩咐红人。他出门的空儿，家里发生了骚乱。

那些被丢失的孩子不愿意让文蒂走，他们乱作一团，并且纷纷威胁她。

"她这一走我们可怎么办？还不如她当初不来呢！"大家叫着。

"不能让她走！"

"把她抓起来！"

"对！把她锁起来！"

在危急的时刻，文蒂灵机一动，忽然转向一个孩子：

"图图斯！"她喊道，"现在就看你的了！"

你说怪不怪？文蒂竟向图图斯求援。谁不知道他是最傻的一个！

然而图图斯的回答却出人所料。在这一刹那间，他一下子变聪明起来，威严地说：

"别看我图图斯平时没人瞧得起，今天谁敢动文蒂一指头，我就让他好看！"

图图斯拔出了刀，勇敢地站在那里。别的孩子全都不安地向后退缩。后来，彼得回来了。孩子们知道彼得不会站在他们一边，他怎么能违背文蒂的心愿呢？所以大家也就只好住手。

"文蒂，"彼得踱来踱去地说，"我已经吩咐红人了，让他们带你从森林中出去，免得你连续飞行累坏了。"

"谢谢你，彼得。"

"然后，丁卡·贝尔引你飞过大海。"他回过头来命令似的说，

"尼布斯，去叫醒丁卡！"

尼布斯敲了两次门，丁卡坐起来偷偷听了半晌才回答：

"谁呀？真讨厌！"

"起来！起来！"尼布斯叫着，"彼得要送文蒂回去！"

听说文蒂要走了，丁卡当然高兴。但是她不肯去送文蒂，还说了一大通难听的话。随后便躺在床上装睡着了。

"丁卡不起来！"尼布斯喊着。彼得听了很生气，就亲自走到丁卡的门前。

"丁卡，"彼得叫道，"再不起来，我可扯帐子了，看你害不害臊！"

"谁说我不起来？"丁卡叫着，立刻穿衣下床。

这时候，孩子们都恋恋不舍地望着文蒂、约翰和迈克尔。他们心里很难过，不仅因为他们将失掉几个好伙伴，而且因为他们自己也想跟着去。谁知文蒂他们将去一个什么好玩的地方呢？到时候可没有他们的份！一个新奇的世界仿佛正在向他们招手。

文蒂为大家的情绪所感动，不禁心软了。

"亲爱的孩子们，"文蒂说，"假如你们愿意和我一起回去，我一定让找爸爸妈妈收留你们。"

这话文蒂原是说给彼得听的。可别的孩子全都为自己打算，他们立刻快乐地跳起来。

"但是，你爸爸妈妈不嫌我们人数太多吗？"尼布斯不放心地说。

"啊，不会的，"文蒂想了想说，"不过是客厅里多摆几张床而已。白天，我们可以把床放在屏风后面。"

"彼得，我们可以去吗?"大家都纷纷请求。他们以为，如果大家都去，彼得也一定会去的。如果彼得实在不愿意去，也没关系。孩子们总是这样，只要有什么新奇的事吸引着，他们就会抛弃原来最要好的朋友。

"可以。"彼得苦笑着说。孩子们一听，立刻忙着收拾自己的东西。

"彼得，"文蒂收拾好东西说，"在你动身之前，我还要给你吃一次药。"文蒂很喜欢给孩子们吃药，每天都给他们吃很多。当然那只是假设的药，只不过是装在药瓶子里的清水。文蒂总是先摇一摇瓶子，再一滴一滴地数给他们吃。但是这一回，她刚把药准备好，却看见彼得神色不好。她心软了，只好把药放在一边。

"快收拾你的东西吧，彼得。"她颤抖着说。

"不，"彼得假装冷静的样子说，"我不跟你去，文蒂。"

"去吧，彼得。"

"不。"

为了表示他并不在乎大家离去，彼得吹着笛子在屋里走来走去。文蒂到处追着劝他：

"去吧，彼得，去找你的母亲。"

如果说彼得真有个母亲，他现在绝不会想她。没有母亲他不是也生活得很好吗？彼得早就看透了，而且他现在只记得母亲的坏处。

"不，不！"彼得坚决地说，"我才不去找母亲呢，她又要盼我长大。我要永远做一个孩子，永远玩耍。"

"但是，彼得——"

"不！"

文蒂没办法，只得把这消息告诉大家：

"彼得不愿走。"

彼得不愿走！孩子们都呆呆地望着彼得。他们肩上都扛着一根棍子，棍子头上系着一个小包袱。他们听到彼得不愿走的消息，第一个念头就是：彼得不走，他们谁也走不成。

但是彼得是一个很自负的孩子，他不会把任何人勉强留下来的。"假如你们找到了妈妈，"他淡淡地说，"我希望你们喜欢她。"

彼得的话显然带着讽刺的口气，使大家觉得很难为情。难道要回家的都是傻瓜吗？

"好了，"彼得喊道，"不要争辩了，也不要难过。再见吧，文蒂。"他快乐地伸出了手，好像他还有什么急事要办，现在不得不催他们快一点离去。

"天凉了要记住换上法兰绒衣服，彼得。"文蒂握了握他的手，有些恋恋不舍地说。

"嗯。"

"不要忘了吃药。"

"嗯。"

文蒂觉得有许多话要说，但一时不知道说什么好。接着是一阵叫人难为情的寂静。彼得不是那种软心肠的人，他不愿在大家面前流露出悲伤的情绪。只听他喊道："准备好了吗，丁卡?"

"好了，好了!"

"带路!"

丁卡飞上了旁边的一棵大树。但是还没等文蒂他们走出门，就听见海盗向红人发起了进攻。地面上刀兵相接，杀声阵阵。地下的孩子们你看看我，我看看你，不知怎么办才好。突然，文蒂向着彼得伸开双臂。孩子们也都向他伸开双臂，求他快拿主意。彼得呢，他猛地抽出腰刀，两眼露出了凶光。

第十二章

孩子们被捉去了

海盗的这次进攻是偷袭。这显然是胡克的错误，他违反了战争规定。

永无岛上的战争有一种不成文的规定：总是红人先发起进攻，而且进攻总是在黎明之前。因为黎明之前是海盗的勇气最消沉的时候。平时，为了防备红人的进攻，海盗们在一个土丘上围起市栅栏。土丘下面是一条小溪，因为海盗离水太远就会死的。海盗们平时就在土丘上等着红人的攻击。没有经验的海盗一直握着手枪站在树枝间防备着，有经验的老手便放心大胆地睡觉，一直睡到黎明。在漫长的黑夜里，红人的小分队像蛇一样偷偷地蜿蜒前进。他们经过草丛，一根草叶都不会晃动；他们走过灌木林，灌木林一声不响地在他们身后合拢起来，就好像鼹鼠钻进沙土一般无声无息。寂静中，红人偶尔忍不住学一声狼嗥。开始是一个人叫，接着这儿那儿都嗥起来，比真的狼嗥还难听。在这冷森森的黑夜里，初次来这里的人觉得十分可怕。但是对一个有经验的人来说，这可怕的狼嗥，以及随后而来的更可怕的寂静，只不过是平平常常的事情。

这一切胡克是十分清楚的。随便违反战争规定，他的错误是不可原谅的。

红人们决不会违背他们的生活习惯。按照部落的传统规定，每天夜里该做的事情一件也不能马虎。海盗最怕的是红人敏锐的感觉，只要有一个海盗不小心踩着一根干树枝，红人们立刻就会知道海盗上了岛，紧接着就传来一阵阵的狼嗥。从胡克平时登陆的地方直到地下之家这一段路，红人不知暗中侦察了多少遍。他们穿着脚跟朝前的软皮靴，侦察得非常仔细。他们在这段路的中间发现了一座土丘，土丘下有一条小溪。所以他们知道，胡克没有别的地方可选择，必定要住在土丘上等待天亮。红人把一切布置好之后，就披着毯子呆呆地守在地下之家上面，等待着黎明的战斗。

红人正想着天亮时如何收拾胡克，没料到阴险的胡克已经到了他们身边。据逃回来的红人哨兵报告，胡克在土丘上并未停留。

他既不等红人来攻，也不等黑夜过去，而是登陆之后，直奔地下之家而来。一向勇敢善战的红人哨兵，也没防备他这一手。

勇敢的虎莲公主正带着十二个身强力壮的战士巡逻，突然发现狡猾的海盗攻了上来。他们立刻瞪大了眼睛，心想，黎明再收拾胡克的计划恐怕是不成了。这时如果红人赶快集合起来抵抗，海盗们还是很难攻破的。但是红人部落的惯例不准这样干。他们有一条规定：冷不防遇到海盗时不准惊讶，不准动弹，连一根神经也不许跳动，就像敌人是被邀请来的客人一样镇静。在红人按照这种惯例"镇静"之后，才大声呼喊着去拿自己的武器。但是已经晚了。

那简直不是战斗，而是残杀。红人中许多优秀的战士死去了。不过他们还是十分英勇地抵抗了一阵。一个红人与海盗阿尔佛·梅森同归于尽，使这个恶棍再也不能扰乱西班牙海岸了。被杀死的海盗还有乔治·斯库利、加斯·特莱、阿尔萨斯人弗盖蒂。加斯·特莱是被小豹子用斧头砍死的，他跟着虎莲公主杀出一条血路逃跑了。

这次战斗，胡克究竟有多少该受责备的地方呢？这只好留给历史学家去判定了。假如他不违反战争的规定，在土丘上停下来，等到天亮再正当地交战，他和他的部下恐怕全完了。也许他应该预先通知对方他要采用新战术，但是这样一来便不能出奇制胜，新战术也就没什么用了。所以这个问题很难评判。不管怎样讲，他能想出这一招，我们不能不佩服他的聪明和凶狠。

在这胜利的时刻，胡克自己在想些什么呢？连他手下的人也想知道。海盗们一面喘息，一面擦着刀，一个个都离胡克的铁钩子手远远的，斜着眼睛看着这个不寻常的海盗头子。他心里一定很高兴，不过他脸上没有表露出来。就跟在物质待遇方面一样，他在精神上也和部下远远地保持着距离。他真是一个凶狠、孤独的怪人。

这一场战斗还不能算结束，因为胡克要杀的本来不是红人。红人不过是被赶走的蜜蜂，现在他要来取蜂蜜了。他要的是彼得·潘，是文蒂和其他孩子们，而主要是彼得·潘！

彼得·潘不过是一个孩子，胡克为什么这样恨他呢？不错，是他把胡克的胳膊扔给了鳄鱼，而且因为这鳄鱼，给胡克的生活造成极大的危险。然而，这还不是全部的原因。彼得身上好像有一种什么东西使这位海盗船长特别恼怒。是他的勇敢吗？不是。是他漂亮的相貌吗？也不是。那么是什么呢？告诉你们吧，是彼得身上的那股傲气。

胡克最恨的就是这一点。这股傲气足以使他的铁钩子手发抖，足以像虫子一般在夜里惊扰他的美梦。只要彼得活着，他就觉得仿佛自己是狮子困在笼里，而又进来一只麻雀和他捣乱。

现在的问题是如何进攻这地下之家，或者说，如何让他的部下钻进树洞里去。胡克那凶恶的眼光扫视着他手下的人，想找一个最瘦小的。海盗们都不安地颤抖着。因为大家知道，胡克会用市棍把他们塞进去的。

这时候孩子们在干什么呢？前面说过，他们手握刀枪，呆呆地站在那里，静听着地面上的动静。杀声停止了，好像一阵狂风吹过一样静了下来。他们在猜测着自己的命运。

"哪一方面胜了呢？"

海盗们伏在树洞口上静听，他们听见了孩子们的言论，也听见了彼得的回答。

"假如是红人得胜，"彼得说，"他们会敲鼓的，这是他们的习惯。"

斯米听了这话，立刻把红人的鼓找来。他一屁股坐在鼓上，自言自语地说："叫你们永远听不见鼓声！"可是胡克却向他做了个手势，叫他敲敲。斯米开始很惊讶，接着才慢慢领悟了胡克的用意。他不禁对自己的船长肃然起敬。

斯米敲了两遍鼓，又伏在树洞上静听。

"鼓声响了！"只听彼得喊道，"红人胜利了！"

不幸的孩子们欢呼着。这在狠心的海盗听来简直是美妙的音乐。接着又听见孩子们一遍又一遍跟彼得道别，海盗们真有点莫名其妙。不过此刻他们只有一个念头：孩子们就要从树洞里出来了。海盗们冷笑着，一个个摩拳擦掌。胡克急速地发出命令：每人守一个树洞，剩下的人排成一行，隔两米站一个人！

第十三章

你信仙吗?

这段故事很吓人,我们还是讲得越快越好。第一个从树洞里出来的是小拳毛。他一出来就落到了柴可的手里。柴可把他扔给斯米,斯米又扔给斯塔奇,斯塔奇又扔给比尔·朱克斯,朱克斯又扔给努德拉,一直扔到海盗头子胡克的脚下。孩子们一个一个被从树洞里捉住,一个一个像传递货物一样被扔了过来。

最后走出来的是文蒂。海盗对待她的态度有些不同。胡克假意地向她脱帽致意,伸出胳膊挽着她走到孩子们被拘禁的地方。胡克的神情看上去很殷勤。文蒂觉得十分有趣,所以没喊也没叫。她毕竟是一个小女孩。

如果说文蒂是在一刹那间受了胡克的迷惑，这似乎是在说她的坏话。而正是因为文蒂的这种行为，引起了意料不到的后果，假如文蒂骄傲地拒绝胡克的搀扶——当然，我们都希望这样描写她——那恐怕她也要像别的孩子一样被扔来扔去。那样，胡克大概就不会亲自来到孩子们被拘禁的地方，不会亲眼看着海盗捆绑孩子们。假如他不亲眼看着捆绑孩子，也就不会发现斯莱特利的秘密；假如胡克不知道这秘密，他也就没有办法到地下去找彼得了。

海盗们恐怕孩子们飞走，就把他们捆起来，一个一个捆得膝盖挨着耳朵。凶恶的海盗把一根长绳子截成完全相等的九段，捆别人都没问题，捆到斯莱特利却出了麻烦。他胖得像个讨厌的包裹，刚想用力把这一部位捆紧，那一部位又胀开了，累得海盗们直流汗。好不容易一道一道捆起来，捆到最后，剩下的绳子又不够打结的了。海盗们生气地踢他，就像踢一个大棉花包。这时，胡克却喝住了他的部下。老奸巨猾的胡克从斯莱特利身上看出了问题：像他这样胖的孩子能够自由出入的树洞，下去一个大人是完全没问题的。胡克看穿了这个秘密，高兴得不得了。斯莱特利发觉了这一点，急得脸都白了。他担心彼得，后悔自己不该露出破绽。原来，有一次他热极了，多喝了一点水，肚子胀大了。他没有把自己的身休缩小去将就树洞，竟背着人把树洞砍大了。后来，他的身体就自然胖了起来。

胡克满有把握地认为，这下彼得跑不了了。但是他心里的打算并没有说出口。他命令海盗把孩子们送到船上去，好让自己去捉彼得。

这么多孩子怎么往船上送呢？用绳子捆好像市桶一样往山下滚吧，中间又要经过许多湿地。天才的胡克又想出了新办法。那儿不是有一座文蒂的小屋吗？他让大家用这小屋做轿子，把孩子们一个个都塞进去，由四个强壮的海盗抬着。其余的跟在后面。他们唱着那可恨的盗歌，像游行的队伍一样穿过树林。我不知道孩子们有没有哭的，就是有，也被那歌声淹没了。小屋已在林中消失，烟囱里冒出的炊烟还在林中缭绕，仿佛是在有意与胡克作对。

胡克看见那炊烟更加生气，心里剩下的一点点恻隐之心也消失了。

黑夜里，胡克蹑手蹑脚走到斯莱特利的树洞前，想试试自己能不能进去。他把帽子放在草地上，任凭夜风吹着他的头发，在那儿思索了半天。他的心虽然黑，他的蓝眼睛却像花儿一样柔和。他细心地听着地下的动静。但是地下和地上一样寂静，静得像一所空屋子一样。彼得睡着了呢，还是正握着刀站在斯莱特利的树洞底下等他？

这不得而知，除非自己下去。胡克把外套轻轻地脱下放在地上，咬紧嘴唇，走进树洞去了。胡克向来自称是最勇敢的人，但还是忍不住直擦汗，满脸的汗竟像蜡烛泪一样直往下淌。

胡克安全地下到洞底，站稳脚跟，气都喘不过来了。等了一会儿，他的眼睛适应了地下的黑暗，屋里的东西才一件一件地看清楚了。胡克凶恶贪婪的目光只盯着一张大床，那是他搜寻好久才发现的，彼得正躺在上头睡觉呢！

地面上发生的事情彼得一点儿也不知道，孩子们走了以后，他还高兴地吹了一阵笛子呢！当然，他是痛苦中故意装出不在乎的样子。他决定不吃药，为的是气一气文蒂。他躺在床上不盖被子，为的是让文蒂担忧；因为文蒂平时怕他们着凉，总爱把他们塞到被窝里。他难过得几乎要哭出来，但是他忽然想起："假如我笑起来，文蒂说不定会生大气呢！"于是他就狂笑起来。笑着笑着，他睡着了。

彼得有时也做梦。虽然不常常做，可做起梦来比别的孩子更痛苦。梦里他常常痛哭，醒来还要难受好长时间。这些梦，我想大概和他的经历有关。平时彼得做噩梦的时候，文蒂总是把他从被窝里拖出来，放在自己的腿上，抚着他的胸口安慰他。等他安静下来，就趁他没醒时放回床上去。但是这一回，彼得睡得很香，一点梦也没有。他一只胳膊垂到床沿上，一条腿蜷曲着，嘴角还留着一丝微笑。嘴唇微张，露出一颗颗珍珠般的牙齿。

彼得就是在毫无戒备的状态之中被胡克发现了。胡克偷偷地站在树洞里，远远地看着睡在屋里的敌人。他心里难道没有一丝怜悯之情吗？胡克这人并不是浑身每一个细胞都坏透了。他爱花，这是我听别人说的；他爱音乐，他自己弹琴就弹得不坏。所以应该坦白地说，这屋里的家庭生活气氛使胡克很受感动。假如他在这时良心发现，那是不难退出去的。但是有一件事把他惹火了，使他又停留下来。

彼得睡觉的姿势太让人讨厌。嘴张着，胳膊垂着，腿蜷着，一股傲气！在胡克看来，这真是再讨厌不过了。胡克发怒，如果他的肚子气炸，一块块肚皮就会崩到彼得身上。

屋里有一盏灯，昏暗的灯光照射在床上。胡克站在树洞里是个暗影。他刚刚向前迈了一步，却碰到了障碍。那是树洞通往地下之家的一道门。门不高，胡克是从门上面向里望的。但是上面的空隙很小，他进不去。门闩在里面，他又够不着，胡克气极了，他看着彼得的样子越发讨厌。他摇着门，用力往里撞，可怎么也撞不开。难道就这样便宜了彼得吗？

咦，那是什么？胡克一眼看见附近有个布架子，上面放着彼得吃药的杯子。他一伸手正好够得着。胡克心想，有了，这一回我叫你死无葬身之地。

原来胡克平时随身带着一瓶药水，是他自己用各种毒草配制的。他把毒草煮成一种黄色的液体，连科学家都不懂得，那大概是世界上最毒的药了。胡克生怕被人活捉了去，便把这毒药带在身上，随时准备自尽。

现在，胡克在彼得杯子里滴了五滴药水。他的手直发抖，那可不是因为羞愧，而是因为高兴。他放药的时候不敢看彼得一眼，那可不是生了怜悯之心不忍下手，而是怕洒了药水。放好药，他狠狠地盯了彼得一眼，转身慢慢地爬上树洞去了。他钻出树洞的时候，真像一个魔鬼。他歪戴上帽子，披上外衣，用衣襟遮住脸，生怕被人发现似的。他奇怪地喃喃自语着，走进树林去了。

彼得依旧睡着。灯光一闪，灭了，屋里很黑。彼得还在继续睡。鳄鱼肚子里的钟大概还没敲十点，彼得不知道被什么声音惊醒了。他从床上坐起来一听，是轻轻的敲门声。

敲门的声音很轻。但是在这夜深人静的时刻是很可怕的。彼得一把抓起刀，叫道：

"谁？"

半晌没有回答。又是一阵敲门声。

"什么人？"

没有回答。

彼得毛骨悚然。但他就喜欢惊险，三步两步就迈到了门口。彼得的门和斯莱特利的门不同。他的门装在树洞上正合适，没有一点儿缝隙。外面看不见里面，里面也看不见外面。

"你不说是谁，我就不开门！"彼得喊道。

外面终于开口了，那声音像钟儿一样好听。

"让我进去呀，彼得。"

是丁卡·贝尔。彼得赶快拨开门闩让她进来。丁卡慌慌张张地飞进来，脸色通红，衣服上沾满了泥。

"出了什么事?"

"啊，你永远猜不到!"丁卡说。在这样紧急的时刻，她还叫彼得猜三回呢!彼得哪有这个耐性。"快说!"他大声叫着。于是，丁卡用一个不合文法的句子，一个像魔术师从口里扯出的彩带那样长的句子，一口气把文蒂和孩子们被海盗捉去的事讲了出来。

彼得一面听，一面心里突突地跳。文蒂被绑，而且被弄到海盗船上去了!啊，可爱的文蒂，竟落到这样一个下场!

"我去救她!"彼得喊着，跳起来就去拿武器。这时，他忽然想起，应该做一件让文蒂高兴的事，才对得起她。他想起应该先吃药。

彼得的手伸向那致命的毒药。

"不要动!"丁卡尖声叫道。她听见了胡克在树林里的喃喃自语，知道这里发生的一切。

"为什么?"彼得问。

"有毒!"

"毒?谁能来这里下毒药呢?"

"胡克。"

"别傻了，胡克怎么能到这里来?"

唉，这一点丁卡也说不清楚，因为她也不知道斯莱特利树洞的秘密。但是胡克的话她听得一清二楚，杯子里下了毒药是肯定无疑的。

"况且，"彼得十分自信地说，"今天晚上我根本就没睡着。"

彼得说着就举起了杯子。现在说什么也来不及了，只有赶快采取行动。丁卡像闪电一般飞到彼得的嘴唇与药水之间，一口把毒药吸得干干净净。

"丁卡，你竟敢抢我的药吃！"

丁卡没有回答，她已经在空中摇摆不定了。

"你怎么了？"彼得喊着，忽然有点怕起来。

"这是毒药，彼得，"丁卡轻声告诉他，"现在我快要死了。"

"啊，丁卡，你为了救我才这样做的吗？"

"是的。"

"但是你为什么对我这样好呢，丁卡？"

现在她的翅膀飞不动了。她落在彼得肩上，在他的鼻子上亲昵地咬了一口，然后轻声说了句"你这个小傻瓜"，就蹒跚着回到她的卧室，无力地躺倒在床上。

彼得伤心地跪在丁卡的旁边，他的头几乎把丁卡的小房间都塞满了。丁卡身上的光芒越来越暗。彼得明白，等那光芒熄灭了的时候，丁卡也就死了。彼得哭了，丁卡伸出美丽的手指，让彼得的泪珠在上面滚动。

丁卡又说了些什么，声音极小。最初彼得听不清楚，后来才明白了。丁卡说，如果孩子们信仙，她还能够再活过来。

彼得伸出双臂向孩子们求救。可他身边一个孩子也没有。不，彼得是在向所有梦想着永无岛的孩子们求援。那些穿着睡衣正在梦中的男孩女孩，那些睡在摇篮里刚会做梦的光屁股婴儿，他们实际上离彼得不远，不像你们想象的那样远。

"你们信不信仙？"彼得大声喊道。

丁卡猛然从床上坐起来，想听听孩子们的回答。

她仿佛听见孩子们回答说"信"，却又不敢肯定。

"你听见他们说什么？"她问彼得。

"如果你们相信，"彼得又向孩子们喊道，"你们就拍一下手，救救丁卡。"

许多孩子拍起手来。

有些孩子没拍。

有些小动物在中间吱吱乱叫。

拍手的声音忽然停住了。好像有许多妈妈闯进来看他们的孩子是怎么回事。不过丁卡已经得救了。她的声音渐渐洪亮了，接着她从床上起来，高兴地在屋里飞来飞去。她首先想到的不是向那些信仙的孩子们致谢，而是要惩罚那些吱吱乱叫的小动物。

"现在我们要去救文蒂！"彼得说。

彼得全副武装地从树洞里出来，要去找胡克算账。天上的月亮在云里穿行。彼得并不喜欢这样的夜晚。他本想低低地飞过去，以便看清敌人的行踪。但是因为有月光，他的影子会映在树梢上。他怕惊动了鸟儿，引起敌人的注意。

彼得既然不能飞，只好模仿红人的样子向前爬。但是向哪个方向爬呢？一场小雪早把所有的足迹都掩埋了。永无岛上死一般寂静，仿佛山山水水都被海盗的屠杀吓呆了。彼得曾经从虎莲和丁卡那儿学来一套林中探险的本领，后来他都传授给了孩子们。他想，在危急的时刻，孩子们是不会忘记的。斯莱特利如果有机会一定会在树皮上画记号，小拳毛会在路上撒松果，文蒂也会在要紧的地方丢下她的手帕。这一切标记都要等到天明才能看清，然而他又不能等。

那条鳄鱼从他身边爬过去了。此外再也没有别的动静。但是彼得心里明白了敌人的去向，他发誓说："这回我要跟胡克拼个你死我活！"

彼得像蛇一样、向前爬着。猛然间，他站起身来。只见他一个手指按在嘴唇上，一手提着刀，从月光下的一片空地上疾速跑过去。从他那高兴的神情可以看出，他一定是发现了重要目标。

第十四章

海 盗 船

入海的河口处斜挂着一盏绿灯。海盗船就停泊在那里。这只船耀武扬威，从头至尾没有一块布板不露出凶气。它简直是海上的一头鲨鱼，就是没有那盏绿灯，人们也会躲得远远的。

黑夜笼罩着那可憎的船身。船上的声音一点儿也听不到。其实船上也没有什么声音，只有斯米踏缝纫机的嗒嗒声。可怜的斯米总是不停地干活。

有几个海盗在夜幕中靠着船舷饮酒。大多数海盗卧在市桶旁掷骰子、玩纸牌。那四个抬小屋子的海盗累极了，就平躺在甲板上睡觉。胡克走来的时候，他们在睡梦中也能机灵地滚来滚去，躲避着他的脚步，否则就会被胡克的铁钩子手抓伤。

胡克在甲板上踱步，沉思。这个人真叫人猜不透。现在对他来说是胜利的时刻，他却心神不定地在甲板上踱步，沉思。他在想些什么呢？

胡克的心情和他的脚步一样沉重。

夜静的时候，胡克常常这样沉思。这是因为他太孤独了。他的部下在他身边的时候，他觉得更加孤独。

胡克的心是黑的，但是黑心的里面还有一个内心，已经被挤得很小很小。有时候，他听见自己的内心像生锈的铁门一样嘎嘎作响，那声音仿佛很遥远。从门缝发出一种庄严的声音，好像夜里睡不着觉时听到什么地方传来的钟声。这声音使他很痛苦，汗珠顺着油光光的脸流到衣服上。胡克常常用袖子遮住脸，止不住地偷偷流泪。

啊，谁也别羡慕胡克那样的人。

海盗们见船长情绪低沉，认为纪律可以松弛一下了，就一个个高兴地狂舞起来。这一下可激怒了胡克，就像一桶冷水浇在他的头上，使他立刻提起了精神。

"别闹了，你们这些浑蛋！看我不拿铁钩子手抓你们！"胡克喊道。海盗们立刻安静下来。

"孩子们都锁起来了吗？可不要叫他们跑掉！"

"是，是。"

"把他们给我拉出来！"

除了文蒂外，一群可怜的孩子都被从货舱里拖了出来。他们排成一行，站在胡克的面前。胡克好像没看见他们一样，洋洋自得地哼起一支曲子，手里还摆弄着一副纸牌。嘴里的雪茄不时地闪着火光，映照出他那张阴沉的脸。

"你们这些小子们，"胡克恶狠狠地说，"今天晚上出来六个沿跳板，留下两个做海盗。你们谁愿意留下来？"

这时，孩子们想起文蒂在船舱里嘱咐的话："尽量不要激怒胡克。"于是图图斯很有礼貌地向前跨了一步。他不愿意做海盗，可他忽然灵机一动，想把这责任推卸到一个没在场的人身上。图图斯虽然有点傻，可他也知道，只有做妈妈的永远乐于袒护孩子。孩子们都知道这一点，所以遇事总爱往妈妈身上推。

你看，现在图图斯很聪明地解释说："先生，您知道，我妈妈一定不同意我做海盗的。你妈妈同意吗，斯莱特利？"

图图斯向斯莱特利挤挤眼，斯莱特利伤心地说："我想她一定不同意。"他说这话好像是迫不得已似的，接着他又转向双胞胎，"你妈妈同意吗？"

"我想她不同意。"双胞胎和别人一样聪明地说，"尼布斯，你妈妈——"

"少说废话！"胡克大声喝道。几个孩子都被扯回队列去。

"你，"胡克指着约翰说，"看样子还勇敢点儿，你从来也不想做海盗吗？"

约翰作算术题时常常遇到这种为难的事。这回胡克单叫他出来回答，使他大吃一惊。

"有一次，我想把自己称作红鼻子杰克。"他胆怯地说。

"这名字不错，你要是入伙的话，我们就叫你这个名字。"

"你看呢，迈克尔？"约翰问。

"我要是入伙，你们叫我什么？"迈克尔问。

"黑胡子乔亚。"

这名字给迈克尔的印象很深。"你看呢，约翰？"他要约翰来决定，约翰要他来决定，两个人推来推去。

"我们入伙之后，还能做英国的好百姓吗？"约翰问。

胡克从牙缝里挤出一个字来："不！你们必须宣誓打倒英国！"

约翰的爱国主义平时并不那么突出，可到了这个时候却大放光彩。

"不，我不干！"约翰敲着胡克面前的木桶叫道。

"我也不干！"迈克尔喊着。

"英国万岁！"小拳毛高呼起来。

狂怒的海盗上来打他们的耳光。胡克吼道："把他们的母亲拉出来！准备沿跳板！"

他们到底是些孩子，看着朱克斯和柴可在准备要命的跳板，吓得脸都白了。但是文蒂被带来之后，他们都极力装出勇敢的样子。

文蒂对海盗的厌恶是无法形容的。孩子们有时觉得，海盗的生活至少还有一点冒险的趣味，而文蒂在这儿看到的只是脏和臭。这船大概有好多年不清扫了，每个船舷的圆窗上都落满了尘土，你可以用手指在上面写字。现在，孩子们把文蒂团团围住。当然她的心思也都放到孩子们身上来，在为孩子们着急。

"我的美人儿，"胡克酸溜溜地说，"来看你的孩子们沿跳板吧！"

胡克是个体面的绅士，可他的衣襟却在吃饭的时候弄脏了。他猛然发现文蒂正在注意他的衣襟，急忙想掩盖一下，但是已经来不及了。

"他们要被处死吗？"文蒂带着一种极其轻蔑的神情问道。这种神情气得胡克简直要发昏。

"要处死！"胡克怒吼着，"全体注意！现在听这做母亲的和她的孩子们诀别。"

这时候，文蒂显得十分威严。她坚定地说："亲爱的孩子们，这是我对你们说的最后一句话。就是你们真正的母亲在这儿，她们也会这样告诉你们的，这就是：所有做母亲的都希望自己的儿子死得像个英雄！"

海盗听了这话都大吃一惊。图图斯大声叫道："我听妈妈的话！

你呢，尼布斯？"

"我也听妈妈的话！你呢，双胞胎？"

"我也听妈妈的话！约翰，你怎么样——"

胡克镇静了一下又喊起来："把她捆起来！"

斯米把文蒂捆到桅杆上，低声对她说："喂，你如果答应做我的母亲，我可以救你。"

文蒂气愤地说："我宁愿什么孩子都没有，也不要你这样的儿子！"

斯米捆文蒂的时候，孩子们都在望着那可怕的跳板。在那狭窄的跳板上，他们将走完一生最后的几步。他们不敢想象，自己跨上跳板的时候能不能保持大丈夫的气概。他们的思想仿佛已经停止了，只是呆呆地望着跳板发抖。

胡克咬着牙向孩子们狞笑了一阵，就走向文蒂。他想要扭转文蒂的脸，让她看看孩子们一个一个地沿跳板。胡克的手刚刚举起，还没触着文蒂，却听到一种可怕的声音。

他们——海盗、孩子和文蒂全听见了，立刻转过头去，不是望着鳄鱼，而是望着胡克。他们知道鳄鱼是奔胡克而来的。孩子们本来是死囚，现在一下子变成了一场好戏的观众。

胡克吓得缩成一团。

声音越来越近。鳄鱼还没有到，一个可怕的念头却先跳到了胡克脑子里：鳄鱼要爬上船来了！

胡克的铁钩子手也一下子僵住了，仿佛那铁家伙也懂得鳄鱼不是奔它而来，因而不大情愿帮胡克的忙。若是别人处于这样孤立的状态，只好闭上眼睛等死，可胡克还在千方百计地垂死挣扎。他双膝跪在甲板上到处乱爬，拼命躲避那滴答滴答的声音。海盗们恭恭敬敬地给他让出一条路。他爬到船舷上，粗暴地吼道："快把我藏起来！"

海盗们把胡克围起来。大家都不敢去看那滴答滴答响的东西。谁愿去冒那个险？

胡克藏起来之后，孩子们可解放了。大家好奇地跑到船边上，去看鳄鱼往上爬。使大家更加惊奇的事情发生了：来救孩子们的原来不是鳄鱼，而是彼得。

彼得向孩子们打了个手势，让他们别高兴得喊出声来，免得引起胡克的怀疑。他自己则仍在模仿鳄鱼肚子里的时钟，不住地滴答滴答。

第十五章

你死我活

我们在生活中常常会遇到些奇怪的事情，而这奇怪的事情总是在我们不注意的时候发生。比如，有人忽然发现自己的一只耳朵聋了，其实它已经聋了好大一会儿，也许聋了半个多钟头了。那天夜里，彼得就遇到了这样的事情。我们前面曾讲到彼得在永无岛上爬行，他一个手指放在嘴唇上，一只手按着刀悄悄地前进。后来鳄鱼从他后边爬过来，他竟没有发现它有什么变化。过了一会儿，就像有人忽然发现一只耳朵聋了一样，彼得发现鳄鱼肚子里不再滴答滴答响了。起初他还觉得这事有点蹊跷。后来他渐渐明白了，一定是那钟的发条松了，钟停了。

　　彼得也没来得及细想，那鳄鱼忽然失掉了熟悉的滴答声心里会不会难受。他哪儿有时间替鳄鱼考虑？他首先想到的是如何利用这种情况。彼得决定自己发出滴答滴答的声音，以使野兽们把他当做鳄鱼，不来阻挠他前进。彼得学得太像了，可他没料到，那鳄鱼听见亲切的滴答声，竟一直跟在他后面，寻找丢失的钟。

　　彼得爬到海边，向前游去。从陆地到了海里，他自己好像一点也不觉得。有许多动物从地上下水，都是感觉不出变化的。但是在人类中，只有彼得才这样。他游泳的时候，心里只有一个念头："这一回我要跟胡克拼个你死我活！"彼得已经滴答滴答地响了很久，现在他自己已经意识不到了。假如他自己意识到还在响着，那他恐怕早就停下来了。彼得滴答滴答地响着爬上了海盗船。这虽然是一条极妙的计策，可彼得自己却一点也没想到。

　　彼得还以为自己像只老鼠一样偷偷地爬上了海盗船。当他看到海盗们都吓得缩成一团，胡克像听见鳄鱼的声音一样惊慌失措地挤到海盗中间时，他自己也觉得奇怪起来。

　　鳄鱼来了吗？彼得刚一想起鳄鱼，就听见了滴答嘀答的声音。起初他还以为这声音是从鳄鱼那儿发出的呢，就急忙回头去找。找了半天才发现是他自己在响。他这才明白了。"我多么聪明呀！"他立刻想到，并马上向孩子们打手势，让他们不要声张。

　　这时候，海盗船的舵工走过甲板来了。现在，亲爱的小读者，请你们拿出表来，看看下面发生的事情需要几秒钟。彼得一刀砍去，又准又狠。约翰上去用手捂住那舵工的嘴，免得他临死哼出声响。彼得一声命令，尸体扔下海去。一声水响，接着是一片寂静。你们看，一共用了多少时间？

"宰了一个！"斯莱特利开始计数。

一声水响之后，有几个海盗大着胆子向外望了一眼。这时彼得已经蹑手蹑脚地进了船舱。海盗们听见有人敢于大声喘气，这才断定那可怕的滴答声已经过去了。

"鳄鱼过去了，船长，"斯米说，擦了擦眼镜，"一点声音都没有了。"

胡克慢慢把头从衣领里伸出来，又仔细听了一阵。当他断定确实一点声音也没有了，这才抖抖精神，挺直了腰。

"现在，沿跳板！"胡克大声吼着。大概是因为孩子们刚才看见了他的狼狈相，他更加恨这些孩子。他又开始唱起了吓人的海盗歌：

> 哟嗬，哟嗬，跳板在颤抖，
>
> 我叫你们一个二个沿着走。
>
> 连人带板坠下海，
>
> 去跟大卫·琼斯交朋友！

为了进一步吓唬孩子们，胡克也顾不得什么尊严了。他在假设的跳板上狂舞乱跳，一面唱，一面狞笑。跳完之后，他又向孩子们喊道："你们在上跳板之前，可要尝尝九节鞭的滋味吗？"

"不，不！"孩子们可怜地叫着，海盗们却忍不住狂笑。

"朱克斯，去拿鞭子来！"胡克喊着，"就在船舱里放着呢！"

船舱里，彼得就在船舱里呀！孩子们你看看我，我看看你。

"是！"朱克斯高兴地答道，大踏步向船舱走去。胡克看着朱克斯的背影，又得意地唱起来，海盗们也兴奋地跟着唱：

　　哟嗬，哟嗬，抓人的猫，

　　它的尾马有九条。

　　若是打在你背上——

这最后一句是什么呢？我们永远也听不到了。因为这时船舱里传出一声尖叫，打断了他们的歌声。这一声可怕的尖叫震惊了全船，接着又是一声欢呼。这欢呼声孩子们听了自然明白，可海盗们听了，觉得比那尖叫声更奇怪。

"什么声音？"胡克问。

"宰了两个！"斯莱特利暗暗数着。

意大利人柴可犹豫了一下，摇摇摆摆地向船舱走去。但他立刻又退了出来，吓得面色如土。

"朱克斯怎么了？"胡克怒吼着。

"朱克斯，他——死了！"柴可颤抖着说。

"朱克斯死了？"海盗们惊讶地喊着。

"船——船舱里黑洞洞的，"柴可的声音低得几乎听不见，

"里面有一个极可怕的东西，正在喔喔地叫着。"

胡克看出，海盗越是害怕，孩子们越是得意。

"柴可，"他命令似的说，"你去给我把那东西捉来。"

柴可本来是最勇敢的一个，今天却跪在船长面前叫着："不，不！"胡克举起他的铁钩子手吼叫着："你去不去？"

柴可失望地抖动一下两臂，不得不进船舱去。船上一点儿声音也没有，大家都静听着。又是一声尖叫，接着是一声欢呼。

"三个。"除了斯莱特利在数数以外，谁也没有说话。

胡克一摆手把海盗们集合起来。"岂有此理！"他暴跳如雷，"谁去给我把那怪物捉来？"

"等柴可出来再说吧。"斯塔奇哼哼唧唧地说。别人也跟着附和。

"什么？"胡克说，"我好像听见你自告奋勇要进去，斯塔奇。"

"老天爷，我可没有自告奋勇！"斯塔奇喊起来。

"我的铁钩子手以为你是自告奋勇的。"胡克说着向他走去，"我想你不会得罪这铁钩子吧！斯塔奇，放聪明点！"

"我死也不进去！"斯塔奇坚持说，船上的海盗都纷纷响应。

"这不是反叛吗？"胡克冷笑着说，"斯塔奇，你是叛变头目？"

"船长，发发慈悲吧！"斯塔奇浑身发抖，呜咽着说。

"过来和我握握手吧，斯塔奇！"胡克说着伸出了铁钩子手。

斯塔奇四处望着求援，但海盗们谁也不敢为他讲情。他越向后退，胡克越向前逼。胡克眼里露出了血红的凶光，只听得一声惨叫，斯塔奇被甩上了炮台，随即掉进大海去了。

"四——个。"斯莱特利说。

"现在，"胡克很客气似的说，"还有哪位先生要反叛吗？"说着，他提起一盏灯，张开铁钩子手，自己往船舱走去，"看我去捉那怪物来！"

"五——"斯莱特利正等着说这一句呢，他舔湿了嘴唇预备着，却见胡克踉踉跄跄地退了出来，手里的灯也没了。

"不知道什么东西把我的灯吹灭了！"胡克慌慌不安地说。

"你没看清是什么东西？"姆林斯问。

"你看见柴可在里面吗？"努德拉问。

"他死了。"胡克简单地回答。

胡克也犹豫起来，不敢再进船舱。这给海盗们留下很坏的印象。大家又喊喊喳喳地议论起来。海盗们没有一个不相信迷信的。这时库克森说："人们常说，船上如果上来一个魔鬼，这船一定要倒霉！"

"我也听说过，"姆林斯喃喃地说，"这魔鬼常常跑到海盗船上来。你见过吗？船长？他有没有尾巴？"

"人们都说，"又一个海盗不怀好意地看了胡克一眼，接过话茬说，"那魔鬼上了哪条船，样子就变得和那条船上最凶的人一模一样。"

"他有没有铁钩子手，船长？"库克森问得更加没有礼貌。接着大家都纷纷叹息起来："我们这条船算完了！"看见这情景，孩子们忍不住要欢呼起来。胡克先前光顾发愁，把这些囚犯给忘了，现在看见了孩子们，忽然心生一计，不由得脸上又放出了光彩。

"伙计们，"胡克向他的部下喊道，"有办法了！把舱门打开，把这些孩子们都赶进去。让他们去拼命吧！假如孩子们能把那怪物杀死，那再好不过；如果怪物把孩子们杀死，对我们也无妨。"

海盗们听了，对船长佩服得五体投地。这恐怕是最后的一次佩服了。于是，海盗们忠实地执行船长的命令。孩子们起先还假装出不愿进船舱的样子，挣扎了一阵。后来被一个个赶进船舱，舱门也紧紧地关上了。

"现在，"胡克喊道，"都别出声，仔细听着！"大家都伏在甲板上静听，没有一个人敢望着舱门。不，有一个。那是文蒂。她一直被绑在桅杆上。她目不转睛地望着舱门，但等待的不只是尖叫和欢呼，而是彼得的出现。

文蒂用不了等多久的。彼得在船舱里找到了钥匙，打开孩子们身上的镣铐，让他们每人找一件武器拿在手里，先藏起来别动。彼得悄悄溜出来割断文蒂的绳子。海盗们只顾伏在地上专心地听动静，都没看见彼得出来。这时候，他们如果一齐飞走，那是再容易不过了。可是有一件事使彼得不能走，那就是他的誓言。他先前发过誓："我要和胡克拼个你死我活！"他说过的话总是要兑现的。所以彼得放了文蒂之后，小声嘱咐她和孩子们藏在一起。他自己披上文蒂的外衣，站在桅杆前面代替文蒂。彼得深深吸了一口气，然后大吼一声。

海盗们听了这一声吼，以为孩子们全被杀死在船舱里，一个个都惊恐万分。胡克想镇住他们，但是这些走狗哪里还肯听。他们一个个冲着主子露出尖利的牙齿。如果胡克不提防着他们，他们会跳过来咬主子一口的！

"伙计们，"胡克的口气也软下来，他一面笼络自己的部下，一面提防着他们动武，但丝毫也没有胆怯之意，"我悟出原因来了，我们船上一定有个不吉利的丧门星！"

"对，对！"海盗们吼叫起来，"就是那个有铁钩子手的人！"

"不！伙计们，是一个女人。海盗船上若是有个女人，总是不吉利的。把她赶走就好了！"

有几个海盗想了起来，仿佛是有人这样说过。"那我们就试试看。"大家半信半疑地说。

"把那个女人扔下海去！"胡克一声喊，海盗们一齐向桅杆那儿冲去。

"小姐，现在没人能救你了。"姆林斯讥笑说。

"会有人救我的！""小姐"回答。

"谁？"

"复仇者彼得·潘！"多么可怕的回答！彼得嗖地一下把外衣抖

开，露出了真面目。海盗们这才明白船舱里的怪物是怎么回事。胡克两次张口，却没说出话来。他那颗黑心恐怕都要气炸了。

"撕裂他的胸脯！"胡克终于喊出来。但是听声音，他已经没有信心了。

"孩子们，出来，杀呀！"彼得大叫一声，船上立刻响起铿锵的刀剑声。假如海盗们心齐，他们或许还可以得胜。但是孩子们是在他们毫无准备的情况下突然冲出来的，他们一个个东躲西溜，乱杀乱砍。每个人都以为自己是剩下的最后一个。如果一个对一个，孩子们是打不过海盗的。但是海盗心不齐，躲的躲，藏的藏。孩子们可以两个打一个，而且想打哪个就打哪个。有的海盗跳下海去，有的海盗躲在暗处。斯莱特利找到一个海盗，也不动手打，只是用灯照他的脸，照得海盗两眼昏花，另一个孩子很容易就从背后结果了他的性命。船上只有刀剑的撞击声，时而夹杂着几声喊叫或扑通扑通的落水声。斯莱特利在一旁数着："五个——六个——七个——八个——九个——十个——十一个。"

勇敢的孩子们一起围攻胡克的时候，其他的海盗都死光了。胡克好像有什么魔法似的，孩子们都没法靠近他。孩子可以杀死所有的海盗，却对付不了胡克一个人。他们几次猛攻，都被胡克杀退。正当胡克用铁钩子手挑起一个孩子当盾牌，向孩子们杀过来时，彼得一剑干掉了姆林斯，随后迅即跳了过来。

"收起你们的家伙，孩子们！"彼得叫道，"把胡克留给我来收拾！"

胡克和彼得面对面站在那里，孩子们都后退几步，围成一个圆圈观战。

两个敌手对峙了半晌。胡克有点发抖，彼得脸上却露出奇怪的笑容。

"那么，彼得，"胡克终于说话了，"船舱的事原来都是你干的？"

"是的，胡克，"彼得庄严地回道，"都是我干的！"

"傲慢的小子，吃我一刀！"胡克说。

"凶残的恶魔，看剑！"彼得回答。

两人没再多说，你一刀我一剑厮杀起来。彼得剑法极好，躲闪迅速。他突破敌手的防御，不时地乘虚进击，可惜胳膊太短，总也刺不着。胡克也不次于彼得，但他的手腕不如彼得灵活。他想靠猛攻压倒彼得，但几次都没刺中。他的铁钩子手在半空舞了一阵，妄图逼近彼得，用铁钩子手抓他，没想到彼得低头向前猛刺，竟刺中了他的肋骨。胡克鲜血直流。你们记得，胡克最怕的是看见自己的血。他的刀立刻落在地上，眼看就要死于彼得剑下。

"杀呀！"孩子们齐声喝彩。但是彼得却极其威严地站在那里，让他的对手拾起刀来。胡克慌忙拾起刀，但他的心已经乱了。他没想到彼得竟是这样一个有风度的人。

胡克一向认为彼得是个毫无风度的恶魔，现在一种可怕的疑虑折磨着他。

"彼得，你是什么人？你究竟是什么东西？"胡克大声问。

"我是青春，我是快乐，"彼得回答说，"我是从蛋壳里跳出来的一只小鸟。"

这话当然是瞎编的。但在胡克看来，这恰好说明彼得是在不知不觉中保持了天然的风度。

"再吃我一刀。"胡克喊着，声音中充满了失望。

胡克手中的刀无目的地乱杀乱砍。随便什么人，若是碰上他的刀，都会被砍成两截。彼得在他的四周飞来飞去，仿佛飞刀带起的一根鹅毛，总也砍不着，而且时不时地还钻进胡克的刀缝里刺上一剑。

胡克无心恋战，寻机脱身而走。他逃进火药仓，点着了火。"两分钟之内，这只船就要炸个粉碎！"胡克喊着，心想这一回就要你们的好看了！

然而，只见彼得从火药仓里跑出来，手提弹药箱，不慌不忙地扔到海里去了。

现在我们马上就会看到，胡克死到临头了。

彼得嗖地一剑向他刺来。胡克跳上船舷，一个趔趄滚下海去了。但是他哪里知道，鳄鱼正在下面等着他呢！故事还没讲到这里的时候，我们就让鳄鱼肚里的钟停了，免得胡克临死以前受惊。这算是我们对他最后的一点"关怀"吧！

詹姆斯·胡克就这样完蛋了。

"十七个！"斯莱特利喊道。其实，他的数字并不准确。那天晚上有十五个海盗葬身大海，有两个从海里游到岸上去了。一个是斯塔奇，后来被红人捉去当了保姆。这也不能不说是海盗的可悲下场。还有一个是斯米，后来他戴着眼镜在世界上游荡，没有安定的生活。他还常常吹嘘詹姆斯·胡克如何如何怕他呢！

文蒂没有参加战斗。虽然她也眨着眼睛为彼得鼓劲，可她一直是旁观者。现在战斗过去了，她又成了重要的人物。

文蒂逐一地表扬了孩子们。迈克尔指着自己杀死海盗的地方给她看，她高兴得直发抖。接着，文蒂把孩子们领进船舱，指着壁上的挂钟给大家看：已经深夜一点半了！

文蒂总是把不按时睡觉当做一件大事。她急忙把孩子们安排在海盗的床上。孩子们很快睡去了，只有彼得在甲板上走来走去。他后来也挺不住了，倒在大炮旁边睡着了。夜里，彼得又做了一个梦，在梦中哭喊了许久，文蒂则像母亲似的紧紧抱着他。

第十六章

回　家

　　第二天早上五点半钟，大家就忙着在甲板上跑来跑去。大海涨潮了。图图斯是水手长，他手里扯着绳子，口里还嚼着烟叶。孩子们全都穿起了海盗的衣服。裤子太长，从膝盖往下的一段裤管被剪掉了。他们脸上都刮得光光的，一个一个地从船舱里跳出来，那说话的腔调还真像个水手。只是两手不住地提裤子，未免叫人觉得好笑。

　　谁当船长，那就不用说了。尼布斯和约翰当大副二副。船上唯一的女的是乘客，住后舱。其余的全是前舱。彼得一边掌舵，一边召集水手，向他们作了简短的训话。他说希望大家忠于职守，又骂他们是黄金海岸的蠢材，谁敢违抗命令，就把他撕成两半。这几句骂人的话，只有水手才听得懂。孩子们听了使劲地欢呼。接着彼得下令，大家掉转船头，向大陆驶去。

彼得船长看了看航海图，预计了一下航程。如果天气不变，大约六月二十一日可以到达葡萄牙的亚速尔群岛。从那里再起飞，就可以节省许多时间。

孩子们有人主张这条船做条安分守己的船，有人主张仍做海盗船。但是船长很厉害，即使采用集体签名表决的方法，他们也不敢发表意见。对于船长的命令，必须绝对服从。有一次，斯莱特利奉命去测量水深，脸上露出一点不耐烦的神情，就被抽了十二鞭子。大家都说彼得是故作认真，去讨好文蒂。等他的新衣服做好了，也许会变成另一种样子。彼得的新衣服是用胡克最爱穿的一件衣服改的，文蒂本来不愿给他做这种衣服，但禁不住他好说歹说。后来大家议论说，彼得第一个晚上就穿过这件衣服。他在胡克住过的船舱里坐了很久，口里叼着胡克的烟嘴，一只手握成拳头，只伸了一只无名指，一伸一曲的像铁钩子一般吓唬水手们。

船上的事暂且撇之一旁，先回头看看那个寂寞的家庭吧。三个孩子从父母身边飞走已经很久了，说来很抱歉，我们这么长时间没提起十四号了。不过我们敢肯定，达林夫人不会怪罪我们的。假如我们早一点回来探望她、安慰她，她一定会说："傻瓜，我有什么要紧？快回去照顾孩子们吧！"当母亲的总是这样，所以孩子们才敢于放心大胆地在外头玩个够。

我们现在又提起孩子们的家，只是因为孩子们已经在回家的路上。我们不过是先行一步，去看看他们的床预备好了没有，再告诉达林夫妇最近几天不要外出。不过为什么要给他们送这消息呢？孩子们既然没心肝地飞走，当他们回到家的时候，正巧赶上父母到乡下度假了，这岂不是很好的报复吗？按说这是他们应得的惩罚；不过如果我们这样认为，达林夫人是永远不会原谅我们的。

有一件事我想马上去做，就是像一般写小说的人那样，提前告诉达林夫人，她的孩子下星期四就可到家。因为这样一来，文蒂、约翰和迈克尔他们预定的出人意料地到家的计划就破产了。他们在船上想象着：母亲见了他们如何狂喜，父亲见了他们如何欢呼，娜娜如何扑过来拥抱他们。然而，这一切都要出其不意地突然到家才行。现在我预先把消息泄露出去，破坏了他们的计划，那该多么有趣！等到孩子们大摇大摆地走进家门，达林夫人也许不去吻文蒂，装作不理睬他们；达林先生也许会假装生气地说："讨厌，那些孩子又回来了！"但是即使那样，我们也不一定会得到感谢。我们现在已经了解达林夫人的为人了，她说不定会责怪我们破坏孩子们的情趣呢！

"但是亲爱的夫人，到下星期四还有十天呢！我们提前告诉你，省去你十天的烦恼。"

"不错。但是代价多大呀！你使孩子们失去了十分钟的欢乐。"

"啊，你要是这样想，我们还有什么话可说？"

"可我还能怎样想呢？"

你们看，这女人简直神经不正常。我满心想说她几句好话，但实在没有什么可说。我最瞧不起这种人，我们不去提她了。其实，我们也用不着提前告诉她安排什么，因为一切早都安排好了。孩子们的床一直铺得好好的，她也一直没有离开过家。再则，家中的窗子是一直开着的。我们为她送信算是白跑了一趟。我们对她一点用处也没有，倒不如还是回到船上去。不过我们既然来了，不妨往下来观察观察。说到底，我们本来都是旁观者嘛，他们谁真正需要我们？我们就在一旁瞧着吧，瞧得不顺眼了，也说几句不中听的，让他们难受难受。

孩子们的房间里唯一的变化是什么呢？从上午九点到下午六点，娜娜的狗窝不放在房间里了。自从孩子们飞走以后，达林先生从骨子里感到，千错万错都错在不该把娜娜锁起来。而且他认识到，娜娜始终比他高明。当然，我们早就看出来了，达林先生是一个头脑简单的人。如果不是那头发掉光的秃顶，人们还会把他当成孩子呢！但是达林先生很有正义感，凡是他认为对的，就勇敢地去做。孩子们飞走之后，他仔细思量了很久，想出了一个赎罪的办法，他四肢着地爬进了狗窝。达林夫人再三劝他出来，他坚决地说：

"不，亲爱的，我不如一条狗，应该住在这里。"

他悔恨至极，发誓说孩子们不回来他就不出狗窝。当然这事做得有点过分，不过达林先生做事一向喜欢这样，要么不做，要么就做出个样子。当初，恐怕没有比乔治·达林再骄傲的人了，可现在，他变得最谦卑不过，每天晚上坐在狗窝里和妻子谈论他们的孩子。

达林先生对娜娜的尊敬说起来也真感人。他什么事都顺从娜娜，只有一件事例外，就是不准娜娜进狗窝。

每天早上，达林先生坐在狗窝里，连狗窝一起抬到汽车上，乘汽车去上班。晚上六点钟，再照样运回来。我们记得，达林先生对于邻居们的议论是非常注意的。可现在他的行动到处遭到人们的议论，他却一点儿也不在乎，可见这人的性格是何等坚强。达林先生内心一定痛苦极了，可他表面上仍保持着镇静。小孩子们讥笑他住狗窝，他一点也不恼火；若是有位太太好奇地探头向狗窝里看，他还恭敬地脱帽致意呢！

达林先生的行为固然太古怪，不过这样做意义却很大。不久，这件事的内幕传了出去，社会上受到很大震动。成群的人追着他的车子欢呼；美丽的女郎爬上车去要他签名留念；重要的报纸都刊登了专题新闻；百万富翁纷纷邀请他去吃饭，并且在请帖上加上一句：务请坐在狗窝里光临。

在那难忘的星期四晚上，达林夫人正坐在孩子们房间里等待丈夫回来。她真是个可怜的女人。现在让我们来仔细看看她吧，想想她以前的风采，再看看现在憔悴的面容，我们实在不忍心说她的坏话了。她是那样爱她的孩子，这完全是出自内心。你看，她坐在椅子上睡着了。她的嘴角，那本来是她最美的地方，现在差不多枯瘪了。她的手不住地在胸口抚摩，那里该有多少痛苦呀！世界上有人最爱彼得，有人最爱文蒂，可有谁最爱她呢？为了使她高兴，我真想现在就偷偷告诉她孩子们就要回来了。

事实上，孩子们离家还有二英里路，正飞得起劲呢。不过，我们只消告诉她孩子们已经在回家的路上，就够她高兴的了。我们还是告诉她吧！

不，不能！她听了一定会立刻跳起来，呼唤着孩子们的名字。可屋里除了娜娜，一个人也没有呀？

"啊，娜娜，"夫人在梦中说，"我梦见孩子们回来了。"

娜娜睡眼惺忪，举起它的前爪放在主人的腿上，她们就这样坐着，一直等到狗窝运回来。达林先生探出头来和他的妻子接吻。不难看出，他的脸色比以前憔悴，但也比以前温和多了。

达林先生把帽子交给丽莎，丽莎却不屑理睬地接了过去，因为她并不懂得达林先生住狗窝的深刻意义。追随汽车的人群仍在外面欢呼，达林先生当然不能无动于衷。

"听听外面，"达林先生说，"真叫人兴奋！"

"还不都是些不懂事的孩子！"丽莎讥笑说。

"不，今天有许多成年人在里面呢！"达林先生红着脸说。但是丽莎摇摇头。达林先生也就没再说什么。事业的成功并没有使达林先生的脾气变坏，相反，倒使他变得更加和善了。有时，他把头探出狗窝，和夫人谈论他的事业。当夫人说到愿他的事业不要改变他的为人时，他就紧紧握住夫人的手说：

"我是一个软弱的人！天哪，我是一个软弱的人！"

"乔治，"夫人担心地说，"你还像以前那样悔恨吗？"

"我悔恨！亲爱的。看看我受的惩罚吧：住在狗窝里。"

"这惩罚你受不住了吗，乔治？"

"啊，我亲爱的！"

当然，达林夫人最后只好求丈夫宽恕，宽恕她不该提起这件事。达林先生觉得疲倦极了，就弯着身子躺倒在狗窝里。

"你弹一会儿钢琴好吗？"达林先生说，"也好催我入睡。"夫人向琴房走去的时候，他又无意地加了一句，"关上窗户，我觉得有点风。"

"不，乔治！窗子是永远要给孩子们开着的。永远，永远！"

这一回丈夫该求妻子宽恕了。达林夫人弹了一会儿琴，丈夫很快就睡着了。就在达林先生睡觉的时候，文蒂、约翰和迈克尔飞进屋来了。

不，不对。我们这样写，是按照原来的计划。我们在船上的时候，孩子们正是这样计划的。但是我们离开船以后，一定发生了什么变化，因为现在飞进来的不是那三个孩子，而是彼得和丁卡·贝尔。

这是怎么一回事呢？你听听彼得说什么就清楚了。

"快，丁卡！"彼得低声说，"关上窗子，上闩！我们现在偷偷从门口出去。等文蒂来到家，她一定以为父母把她关在外边了，只好跟我们飞回永无岛去。"

我们这才恍然大悟，为什么彼得杀死海盗之后没回岛上去。他不是派丁卡护送孩子们的吗？为什么又亲自跟了来呢？原来他心里早就打好了主意。

彼得并不觉得他这样做不好，相反还乐得手舞足蹈呢。他听见琴声，往里偷看了一眼，低声告诉丁卡："这就是文蒂的妈妈！倒是很漂亮，不过不如我妈妈美。"

当然，关于妈妈的事，彼得什么也不知道。但是每次谈起来，他总喜欢夸耀一番。

彼得不知道钢琴弹的是什么曲子。实际上是《家庭，家庭，快乐的家庭！》那支曲子。但是在彼得听来，她弹的是《文蒂，文蒂，回来吧文蒂！》，彼得得意地说："文蒂永远回不来了。窗子闩上了！"

忽然，琴声停了。彼得又向里面偷看了一眼，只见达林夫人把头靠在琴上，两颗泪珠滚落下来。

"她哭了。是想要我打开窗子？"彼得心想，"我偏不打开！"

彼得又偷看了一眼，原来的两颗泪珠还挂在脸上，另外又滚下来两颗。

"她多么爱文蒂呀！"彼得心里想。他现在有点恨这夫人，她为什么不生两个文蒂呢？

理由很简单："你喜欢文蒂，我也喜欢文蒂，我们总不能把她分开呀，太太！"

达林夫人仍然在伤心。彼得不敢再看她，可她仿佛还不肯放过彼得。彼得只好跳来跳去跟她扮鬼脸。但当他停下来的时候，那夫人好像钻进了他的肚子里，咚咚地敲他的心。

"啊，算了！"彼得最后叹了口气，不耐烦地打开了窗户。"走吧，丁卡，"他好像是在嘲笑自然的法则，"我们决不要这愚蠢的妈妈！"他们飞走了。

文蒂、约翰和迈克尔飞到家门口的时候，看见窗子还为他们开着，心里高兴极了。他们毫不惭愧地落在地板上。最小的那一位已经连家都不记得了。

"约翰，"迈克尔疑惑地环顾了一下四周说，"这地方我好像来过。"

"当然来过，你这傻瓜。那不是你的床吗？"

"是吗？"迈克尔还不十分相信。

"嘿！你们看这狗窝？"约翰说着飞奔过去。

"娜娜在里面吗?"文蒂问。

约翰"嘘——"了一声,止住大家,说:"里面有个男人。"

"是爸爸呀!"文蒂看了惊叫起来。

"我看看爸爸!"迈克尔焦急地挤过去,仔细地看了一眼,"嘿,还没有我杀死的那个海盗个子高呢!"他露出了显而易见的失望。幸运的是,达林先生现在睡着了。假如他听见这小儿子的第一句话,不知该有多伤心呢!

文蒂和约翰看见父亲睡在狗窝时,都大吃一惊。

"我记得,"约翰好像不敢相信自己的记忆,"爸爸过去不睡狗窝呀!"

"约翰,"文蒂颤抖着说,"也许我们的记忆不太确切。"

他们觉得一阵发冷。

"妈妈也真不像话,"约翰说,"我们回来了,她也不在家等我们。"

这时候琴房里传来了琴声。

"是妈妈!"文蒂叫着,偷偷往里看。

"可不是嘛!"约翰说。

"妈妈?那么你不是我们的真妈妈,文蒂?"迈克尔问。看样子他想睡觉了。

"啊,天哪!"文蒂惊叹一声,平生第一次感到内疚,"看来我们再不回来就糟了。"

"我们悄悄进去，"约翰提议说，"用手蒙住妈妈的眼睛。"

但是文蒂认为，他们应该用更好的方法，好让妈妈见到他们更高兴。

"我们全都躺到床上去，等妈妈进来，就好像我们从来没有离开一样。"

孩子们躺下假装睡觉。达林夫人停了琴，走进孩子们的房间看丈夫睡着了没有。她忽然发现，每张床上都睡着一个孩子，孩子们等着她快乐地叫起来，但是没如愿。达林夫人是看见了孩子们，但她不敢相信是真的。她常常在梦中看见孩子们躺在床上，这一回她以为仍然是梦。

达林夫人在壁炉旁的椅子上坐下。以前，她总是坐在那儿给孩子喂奶。

孩子们可不了解妈妈此时此刻的心情，三个人心里都凉了半截。

"妈妈！"文蒂叫起来。

"是文蒂。"妈妈说，还以为是在梦中。

"妈妈！"

"是约翰。"

"妈妈！"迈克尔喊着，现在他终于认出妈妈来了。

"是迈克尔。"妈妈说着，仿佛在梦中一样下意识地伸出胳膊，去拥抱这三个永远不能再见到的孩子。但是多么神奇呀，她竟然抱住了！抱住了文蒂、约翰和迈克尔。因为三个孩子早已从床上跳下来，跑到她的身边。

"乔治！乔治！"达林夫人喊起来。达林先生惊醒了，娜娜也跑了进来。这情景该是多么激动人心呀！可惜这欢乐的情景没人看见，只有一个小男孩从窗子上向里瞥了一眼。那小男孩有自己的数不尽的欢乐，这是别的孩子永远享受不到的。但是窗子里面的这种欢乐，他也永远享受不到。

第十七章

文蒂长大以后

我想，你们一定急于了解其他孩子的下落。他们都在楼下等着呢，等着文蒂在父母面前替他们说情。他们等得不耐烦了，就开始数数。数到五百了，还不见文蒂下来，就一个一个走上楼去。孩子们在达林夫人面前站成一排，都恭恭敬敬地脱掉帽子。他们很后悔不该穿一身海盗的衣服。孩子们没有说什么，只是眼睛里流露出一种神情，那种神情是恳求达林夫人收留他们。他们应该同时望着达林先生，但是他们把他忘了。

当然，达林夫人立刻就同意收留他们，但是达林先生很不高兴。孩子们都以为他一定是嫌人太多，其实不然。

"我想你做什么事，总不能一半一半地做吧？"达林先生对文蒂说，这话里有刺。双胞胎误以为是在说他们。

双胞胎中的哥哥自尊心比较强，他涨红了脸问："你是不是嫌人太多，先生？如果是这样，我们可以走！"

"爸爸！"文蒂感到意外地叫了一声。她也以为爸爸不够大方。

"我们可以挤在一起睡。"尼布斯说。

"我负责给他们理发。"文蒂说。

"乔治！"达林夫人叹了口气。她看见自己的丈夫这样不大方，觉得很难为情。

达林先生见大家误解了他，伤心地流下了眼泪。他说他也和夫人一样喜欢收留孩子们，不过他觉得孩子们不该只问夫人，也应该征求征求他的意见。总不能把他当做无关紧要的人物呀！

"我并不觉得达林先生无关紧要，"图图斯立刻说，"小拳毛，你呢？"

"我也不。你呢，斯莱特利？"

"我也不。双胞胎，你们呢？"

没有一个孩子觉得达林先生无关紧要。达林先生听了立刻高兴起来。他说如果孩子们觉得合适，可以把他们安排在客厅里住下。

"当然合适，先生。"孩子们说。

"那么跟我来!"达林先生高兴地叫起来,"你们听我说,我也不敢肯定家里有没有客厅,不过就假设我们有吧!反正都是一样。哈哈哈!"

达林先生手舞足蹈地走出去。孩子们也叫着闹着跟他去找客厅。他们究竟找到客厅没有,我也不记得了。不过他们总可以找到几个犄角旮旯儿,最后都很舒适地住下来了。

至于彼得,他在飞走之前又转回来看了文蒂一眼。他并没打算靠近窗户,只是从窗前经过而已。他希望文蒂能够打开窗子叫他,文蒂真的这样做了。

"喂,文蒂,再见了!"彼得说。

"啊,亲爱的,你要走了吗?"

"是的。"

"彼得,你不向我父母说点什么吗?"她声音颤抖着说。

"不。"

"关于我的事,彼得?"

"不。"

达林夫人走到窗前,很小心地看守着文蒂。达林夫人告诉彼得,她已经收留了其他孩子,也很高兴收留他。

"你要送我上学吗?"彼得问。

"是的。"

"然后再送我去某个公司上班?"

"是的。"

"不久我会变成一个成年人?"

"是的。"

"我可不愿意变成一个成年人，"彼得说，"啊，太太，如果我一觉醒来，一摸嘴上长满了胡子，那多难为情呀!"

文蒂安慰他说:"没关系，彼得，有胡子我也喜欢你。"达林夫人伸手去拉彼得，但被他拒绝了。

"夫人，不要这样。没有人能捉住我使我长成大人的。"

"但是你到哪里去呢?"

"到永无岛去，丁卡陪我住在文蒂的小屋里。我让小仙人把小屋抬到树上去了，她们都住在树上。"

"啊，真有意思!"文蒂羡慕地说。妈妈听了吓得一把拽住她。

"我想所有的小仙人大概都要死了。"达林夫人说。

"但是总会有新的小仙人降生，妈妈。"文蒂解释说。关于小仙人的事，她现在懂得可多了。"新生的婴儿第一次笑的时候，就会有一个小仙人降生。只要世界上有婴儿，就会有小仙人。他们住在树上，紫色的是男的，白色的是女的，蓝色的自己也不知道是男是女。"

"我的生活多有意思呀!"彼得看了文蒂一眼说。

"可你晚上一个人多寂寞呀!"文蒂说。

"有丁卡跟我做伴。"

"丁卡有许多事情做不了呀！"文蒂说。

"背后说人坏话，算什么东西！"丁卡不知从哪个角落里喊道。

"那也没关系。"彼得说。

"啊，彼得，你自己明白，是有关系的。"

"那么，你就和我一起去吧！"

"我可以去吗，妈妈？"

"当然不行，文蒂。妈妈好不容易得到你，再也不让你离开了！"

"可是彼得真的需要一个妈妈。"

"你也需要一个妈妈，我的宝贝儿。"

"啊，算了，算了。"彼得说，好像他只是为了客气一下才向文蒂提出要求的。但是达林夫人看见他难过地撇了撇嘴，于是慷慨地提出一个建议：让文蒂每年春天去永无岛住一个星期，帮助彼得打扫一下房子。文蒂希望商量一个比较具体的方案，而且她觉得春天离现在太遥远。但是彼得已经心满意足地飞去了。你们知道，彼得是没有时间概念的。他最喜欢到各处去冒险，其实我们讲的关于他的故事，只不过是万分之一。我想，文蒂是清楚这一点的，而且知道他最容易忘事，所以她最后悲伤地对他喊道：

"不要忘记我，彼得！春天来接我！"

彼得当然满口答应，随后就飞走了。

后来，孩子们当然都进了学校，大多数在三年级插班。只有斯莱特利先进了二年级，后来又降到一年级。他们上学不到一星期，就后悔不该离开永无岛。但是现在已经晚了。他们只好像你们和我一样安分守己地生活下去。说起来怪可惜，他们飞行的本领都渐渐消失了。开始，娜娜把他们的脚拴在床栏杆上，防备他们夜里飞走。白天，他们有时为了试飞，就假装从公共汽车上掉下来。但是后来，他们渐渐感到床上的绳子不那么扯腿了，而且偶尔从公共汽车上掉下来，还真摔伤了身体。再到后来，连帽子吹走都不能飞过去捉了。用他们的话说，是缺乏练习。但实际上，是因为他们不再相信彼得·潘的故事了。

迈克尔比别的孩子相信的时间都长些。虽然孩子们都讥笑他，可他还是常常提起彼得·潘。彼得后来于年底第一次来接文蒂的时候，迈克尔还和文蒂一起见过他呢！文蒂穿着用树叶缝成的外衣，跟着彼得飞走了。她唯一担心的一件事，是怕彼得看出那件衣服短了。可彼得一点也没看出来，他光讲自己的事还来不及呢！

文蒂想和彼得谈些过去的事，但彼得的脑子里被新故事挤满了。

当文蒂提起当年大战胡克的事时，彼得却不解地问："胡克是谁？"

"你忘了吗？"文蒂很惊讶，"难道你忘了你当初杀了他，救了我们？"

"我杀了人就把他们忘了。"彼得漫不经心地说。

文蒂说，不知丁卡·贝尔见了她高兴不高兴。想不到彼得却问："丁卡·贝尔是什么人？"

"啊，彼得！"文蒂非常吃惊。她再三描述丁卡的模样，彼得也记不起来了。

"像她那样的小仙女多得很。你说的那个丁卡，我想大概已经死了。"彼得说。

他说得不错，仙女的寿命都是很短的。不过她们的身体很小，短短的生命对她们来说却感到很长很长。

过去的一年对于彼得好像昨天一样。这一点使文蒂很难过。因为她觉得这一年实在等得太久了。彼得仍然像从前一样可爱。他们一齐飞到永无岛上，在树顶上的小房子里欢天喜地地打扫了一番。

第二年，彼得没有来接文蒂。她穿了一件新衣服等着，但是彼得没有来。

"他也许生病了。"迈克尔说。

"你知道他是从来不生病的。"

迈克尔走到文蒂身边低声说："也许本来就没有彼得·潘这样一个人吧。文蒂！"说这话的时候，他打了一个冷战。文蒂简直要哭出声来。

又过了一年。到了春天，彼得来了。奇怪的是，他从不知道他隔了一年。

这是文蒂在做姑娘的时代最后一次看见彼得。此后许多年，彼得一直没有再来。这些岁月里，文蒂极力克制自己，摆脱内心的痛苦。每当她在学校里获得奖品的时候，她总免不了要想起彼得。可是年复一年，彼得总是不来，文蒂也就渐渐把他忘却了。

后来有一年，彼得忽然又来了。不过这时文蒂已经是结过婚的人了，而且真的成了孩子的妈妈。

文蒂长大了。不过，你们不必为她难过。她本来就是那种愿意长大的孩子。而且到后来，她还希望比别人长得更快些呢！

从永无岛回来的孩子们这时候全长大了。你们每天都可以看见双胞胎、尼布斯和小拳毛到公司去上班，每人带着一只小皮包和一把伞。迈克尔是个技师。斯莱特利娶了个贵族老婆，他变成爵士了。你们看见那位戴假发的审判官了吗？他从前的名字叫图图斯。那个大胡子，在自己孩子面前一个故事也讲不好的人，他就是约翰。

文蒂出嫁那天，穿的是白纱裙，系着粉红腰带。说来也怪，彼得竟没有飞来阻拦她结婚。

时间如流水。文蒂不久就生了一个小女儿。这件事不应该用墨水写，应该用烫金的大字标明。

文蒂的小女儿叫珍妮。她那模样很奇怪，仿佛一生下来就要发问似的。等她学会说话的时候，所提的问题大多是关于彼得·潘。她非常爱听彼得·潘的故事，文蒂就把自己记得的事讲给她听。珍妮住的房间，就是文蒂小时候住过的婴儿室。因为文蒂的父亲老了，不喜欢住楼房，就以 30% 的价格卖给了珍妮的父亲。达林夫人呢？她已经死了，被人遗忘了。

现在珍妮房间里只有两张床。珍妮一张，保姆一张。狗窝也没有了，因为娜娜也死了。娜娜是老死的。最后几年她脾气很不好，总以为只有她才懂得怎样照顾孩子，对谁也不放心。

珍妮的保姆每星期有一个晚上回家，这个晚上就由文蒂照料她睡觉。对珍妮来说，这个晚上是听妈妈讲故事的好机会。珍妮别出心裁地用床单把自己和妈妈的头蒙起来，像一座小帐篷，在黑暗中低声问妈妈：

"你现在看见什么了？"

"什么也看不见。"文蒂说。如果娜娜还在，她一定不准她们再说下去。

"你看得见，你看得见，"珍妮说，"你做小姑娘的时候不是看见过吗？"

"那是好久以前的事了，宝贝儿，"文蒂说，"唉，时间过得真快，像飞一样！"

"时间会飞吗？"珍妮机灵地问，"也像你小时候一样飞吗？"

"是的。你知道吗，珍妮，我有时候也怀疑我自己是不是真的飞过。"

"你当然飞过。"

"可是，那会飞的可爱的时代哪里去了呢？"

"妈妈，你现在为什么不能飞了呢？"

"因为我长大了，乖孩子。人长大了就会忘记怎样飞了。"

"为什么忘了呢？"

"因为他们不再有孩子的欢乐了。他们失去了天真，有心思了。只有欢乐的、天真的、无忧无虑的人才会飞。"

"什么叫欢乐的、天真的、无忧无虑的？我是那样的人吗？"

文蒂想避开这个问题，便开始讲她的故事："我记得，就是在这个房间里——"

"是的，是在这个房间里，"珍妮说，"讲下去！"

于是，文蒂从头讲起，彼得那天晚上如何飞来，如何在屋里找他的影子。

"那个傻孩子，"文蒂说，"他想用肥皂去黏影子，黏不上他就哭。把我哭醒了，我就替他缝上了。"

"妈，你掉了一段！"珍妮插嘴说，她现在比妈妈记得还清楚，"你看见他坐在地板上哭，你说什么来着？"

"我从床上坐起来说：'小孩，你哭什么呀？'"

"对了，对了！"珍妮长长地出了一口气说。

"后来，他带我们飞到永无岛上。那里有小仙人、海盗、红人、美人鱼的环礁湖、地下之家，还有可爱的小屋。"

"对了！妈妈，你最喜欢哪一件？"

"我最喜欢地下之家。"

"是的，我也是。彼得最后向你说什么来着？"

"他说：'只要你永远等着我，总有一个晚上你会听到我的叫声。'"

"对了！"

"可是，唉，他把我全忘了。"文蒂微笑着说。她已经长大了，说起这事不再伤心了。

"彼得的叫声像什么来着？"一天晚上，珍妮突然问。

"像这样。"文蒂说着模仿了一下彼得的叫声。

"不，不对，"珍妮纠正地说，"是这样！"她叫了一声，果然比妈妈模仿得更像。

文蒂听了很惊讶，"我的乖乖，你怎么知道的？"

"我睡觉的时候常常听见。"

"啊，对了，许多孩子睡觉的时候都能听见的，只有我醒着的时候能听见。"

"你运气真好！"珍妮说。

一天晚上，意想不到的事情发生了。那是春天的一个晚上，珍妮听完妈妈讲的故事后，躺在床上睡着了。文蒂坐在地板上，靠着壁炉，借着火光补袜子。忽然她听到外面一声大叫，窗子像从前一样吹开了——彼得落到了地板上。

他依旧和从前一模一样，满嘴的乳牙还没换呢！

彼得仍然是一个孩子，而文蒂却成了大人。她在壁炉旁缩成一团，觉得很难为情。唉！她是一个大人了。

"喂，文蒂！"彼得叫着。他好像没有看出文蒂有什么变化。彼得一向粗心。在昏暗的火光下，文蒂的白衣服很像她当初穿过的睡衣。

"啊，是彼得。"她无精打采地回答，身体使劲往一处缩。她想把自己缩得越小越好。

"喂，约翰哪里去了？"彼得忽然发现屋里少了一张床，问道。

"约翰不在这儿了。"文蒂喘息着说。

"迈克尔睡了吗？"彼得随意地瞅了珍妮一眼。

"睡了。"文蒂说出口就后悔了。她觉得这样回答对不起珍妮，也对不起彼得。

"啊，不，不，这不是迈克尔。"她赶快纠正说。

彼得走过去一看："喂，是个新的吗？"

"是的。"

"男的女的？"

"女的。"

说到这里彼得应该明白了，可他一点也不明白。

"彼得，"文蒂声音颤抖着说，"你要我和你一起飞走吗？"

"当然。我就是为这个来的，"彼得严肃地说，"你忘了现在是春天大扫除的时候吗？"

文蒂知道，用不着问他为什么那么多春天都没有接她去扫除。她只是抱歉地说："我不能去，我忘了怎么飞了。"

"我再教你。"

"啊，彼得，不要在我身上浪费仙尘了。"

文蒂站起来，感到一阵恐惧。

"你要干什么？"彼得吓得后退两步。

"我去开灯，"文蒂说，"你一看我的样子就明白了。"

彼得有生以来仿佛是第一次害怕。"别开灯！"他喊道。

文蒂用手抚摸着他的头发。她不再像小女孩那样为他伤心，现在她是大人了，对一切只有微笑，含泪的微笑。

文蒂终于开了灯。彼得看见她那模样，痛苦得大叫一声。这又高又大的女人俯下身来要抱他，他吓得赶紧往后退。

"你怎么变成了这个样子？"彼得问。

文蒂不能不告诉他了。

"我老了，彼得。我已经二十多岁了，早就长大了。"

"你答应过我不长大的呀！"

"我也没办法。现在我已经结婚了，彼得。"

"不！"

"真的，床上睡的就是我的小女儿。"

"不！"

彼得转而又想，这也许是真的。他举起短剑，向睡着的孩子走去。当然，他并没杀孩子。他自己坐到地板上伤心地哭起来。文蒂不知道该怎样安慰他。要是在过去，她很容易就能劝彼得不哭的。可现在，她是一个大人了。文蒂伤心地跑到屋外。

彼得哭着哭着把珍妮惊醒了。珍妮坐起来，觉得很有意思。

"小朋友，你哭什么呢？"珍妮问。

彼得站起来向她鞠了个躬。她在床上也向彼得鞠了个躬。

"你好！"

"你好！"

"我叫彼得·潘。"

"我知道。"

"我是来找妈妈的，"彼得解释说，"带她到永无岛去。"

"我知道，"珍妮说，"我正等你呢！"

文蒂进屋的时候，只见彼得坐在床栏杆上得意地叫着，珍妮则穿着睡衣高兴地满屋乱飞。

"珍妮答应做我的妈妈了。"彼得向文蒂解释说。珍妮落下来坐在彼得身旁，脸上露出很高兴的神情。

"妈妈，彼得真的需要一个妈妈。"珍妮说。

"是的，我知道，"文蒂绝望地承认，"没有人比我更了解这一点。"

"那么，再见吧！"彼得说着就飞起来，珍妮也毫不犹豫地跟着飞起来；她已经完全学会了飞行的本领。

文蒂急忙跑到窗前。

"不！不！"她喊着。

"妈妈，我去帮他打扫卫生，"珍妮说，"过了春天就回来。"

"我和你一起去！"文蒂不放心地叫着。

"可你不能飞呀！"珍妮说。

文蒂终于放他们俩飞走了。她站在窗前，望着他们越飞越远，像两颗小星星似的消失在夜空中。

后来，文蒂老了，头发白了，身体也缩小了。珍妮长大了，结婚了，生了个女儿叫玛格丽特，每年春天扫除的时候，只要彼得不忘，总要来接玛格丽特到永无岛去。在那儿，玛格丽特给彼得讲故事，他总是很喜欢听，像听文蒂和珍妮的故事一样有趣。玛格丽特长大以后，她又生了个女孩，这女孩又去做彼得的妈妈。只要孩子们是欢乐的、天真的、无忧无虑的，他们就可以飞向永无岛去。